菜韓文
基礎實用篇
기초 한국어 실용편

韓文字是由基本母音、基本子音、複合母音、氣音和硬音所構成。

其組合方式有以下幾種：

1. 子音加母音，例如：저(我)
2. 子音加母音加子音，例如：밤（夜晚）
3. 子音加複合母音，例如：위（上）
4. 子音加複合母音加子音，例如：관（官）
5. 一個子音加母音加兩個子音，如：값（價錢）

簡易拼音使用方式：

1. 為了讓讀者更容易學習發音，本書特別使用「簡易拼音」來取代一般的羅馬拼音。
   規則如下，
   例如：
   그러면 우리 집에서 저녁을 먹자.
   geu.reo.myeon/u.ri/ji.be.seo/jeo.nyeo.geul/meok.jja
   ----------普遍拼音
   geu.ro*.myo*n/u.ri/ji.be.so*/jo*.nyo*.geul/mo*k.jja
   ------------簡易拼音
   那麼，我們在家裡吃晚餐吧！

   文字之間的空格以「/」做區隔。
   不同的句子之間以「//」做區隔。

基本母音：

	韓國拼音	簡易拼音	注音符號
ㅏ	a	a	ㄚ
ㅑ	ya	ya	ㄧㄚ
ㅓ	eo	o*	ㄛ
ㅕ	yeo	yo*	ㄧㄛ
ㅗ	o	o	ㄡ
ㅛ	yo	yo	ㄧㄡ
ㅜ	u	u	ㄨ
ㅠ	yu	yu	ㄧㄨ
ㅡ	eu	eu	(ㄜ)
ㅣ	i	i	ㄧ

特別提示：

1. 韓語母音「ㅡ」的發音和「ㄜ」發音有差異，但嘴型要拉開，牙齒快要咬住的狀態，才發得準。

2. 韓語母音「ㅓ」的嘴型比「ㅗ」還要大，整個嘴巴要張開成「大O」的形狀，
「ㅗ」的嘴型則較小，整個嘴巴縮小到只有「小o」的嘴型，類似注音「ㄡ」。

3. 韓語母音「ㅕ」的嘴型比「ㅛ」還要大，整個嘴巴要張開成「大O」的形狀，
類似注音「ㄧㄛ」，「ㅛ」的嘴型則較小，整個嘴巴縮小到只有「小o」的嘴型，類似注音「ㄧㄡ」。

基本子音：

	韓國拼音	簡易拼音	注音符號
ㄱ	g,k	k	ㄎ
ㄴ	n	n	ㄋ
ㄷ	d,t	d,t	ㄊ
ㄹ	r,l	l	ㄌ
ㅁ	m	m	ㄇ
ㅂ	b,p	p	ㄆ
ㅅ	s	s	ㄙ,(ㄒ)
ㅇ	ng	ng	不發音
ㅈ	j	j	ㄗ
ㅊ	ch	ch	ㄘ

特別提示：

1. 韓語子音「ㅅ」有時讀作「ㄙ」的音，有時則讀作「ㄒ」的音。「ㄒ」音是跟母音「ㅣ」搭在一塊時，才會出現。
2. 韓語子音「ㅇ」放在前面或上面不發音；放在下面則讀作「ng」的音，像是用鼻音發「嗯」的音。
3. 韓語子音「ㅈ」的發音和注音「ㄗ」類似，但是發音的時候更輕，氣更弱一些。

氣音：

	韓國拼音	簡易拼音	注音符號
ㅋ	k	k	ㄎ
ㅌ	t	t	ㄊ
ㅍ	p	p	ㄆ
ㅎ	h	h	ㄏ

特別提示：

1. 韓語子音「ㅋ」比「ㄱ」的較重，有用到喉頭的音，音調類似國語的四聲。
   ㅋ＝ㄱ＋ㅎ
2. 韓語子音「ㅌ」比「ㄷ」的較重，有用到喉頭的音，音調類似國語的四聲。
   ㅌ＝ㄷ＋ㅎ
3. 韓語子音「ㅍ」比「ㅂ」的較重，有用到喉頭的音，音調類似國語的四聲。
   ㅍ＝ㅂ＋ㅎ

複合母音：

	韓國拼音	簡易拼音	注音符號
ㅐ	ae	e*	ㅔ
ㅒ	yae	ye*	ㄧㅔ
ㅔ	e	e	ㄟ
ㅖ	ye	ye	ㄧㄟ
ㅘ	wa	wa	ㄨㄚ
ㅙ	wae	we*	ㄨㅔ
ㅚ	oe	we	ㄨㄟ
ㅞ	we	we	ㄨㄟ
ㅝ	wo	wo	ㄨㄛ
ㅟ	wi	wi	ㄨㄧ
ㅢ	ui	ui	ㄛㄧ

特別提示：

1. 韓語母音「ㅐ」比「ㅔ」的嘴型大，舌頭的位置比較下面，發音類似「ae」；「ㅔ」的嘴型較小，舌頭的位置在中間，發音類似「e」。不過一般韓國人讀這兩個發音都很像。
2. 韓語母音「ㅒ」比「ㅖ」的嘴型大，舌頭的位置比較下面，發音類似「yae」；「ㅖ」的嘴型較小，舌頭的位置在中間，發音類似「ye」。不過很多韓國人讀這兩個發音都很像。
3. 韓語母音「ㅚ」和「ㅞ」比「ㅙ」的嘴型小些，「ㅙ」的嘴型是圓的；「ㅚ」、「ㅞ」則是一樣的發音。不過很多韓國人讀這三個發音都很像，都是發類似「we」的音。

硬音：

	韓國拼音	簡易拼音	注音符號
ㄲ	kk	g	ㄍ
ㄸ	tt	d	ㄉ
ㅃ	pp	b	ㄅ
ㅆ	ss	ss	ㄙ
ㅉ	jj	jj	ㄗ

特別提示：

1. 韓語子音「ㅆ」比「ㅅ」用喉嚨發重音，音調類似國語的四聲。

2. 韓語子音「ㅉ」比「ㅈ」用喉嚨發重音，音調類似國語的四聲。

*表示嘴型比較大

第 1 課
처음 뵙겠습니다 .

初次見面 025

第 **4** 課
지금은 몇 시예요 ?

現在幾點？　　　　　　　　　　　**075**

第 5 課
백화점에 가요 ?

第 6 課
같이 식당에 갈까요？

要不要一起去餐館？ 111

第 7 課
친구에게 선물을 줍니다.

送朋友禮物。　　127

第 8 課
벚꽃이 예뻐요 .

櫻花美。   **147**

第 9 課
무엇을 좋아해요 ?

你喜歡什麼？

第 **10** 課
커피 두 잔 주세요 .

請給我兩杯咖啡。　　　　**183**

第 11 課
한국어를 공부할 거예요 .

我要學韓國語。   203

第 **12** 課
오른쪽으로 가세요 .

請往右走。 **221**

第 **13** 課
한 번 해 보세요 .

第 15 課
아이폰을 사려고 해요.

我打算買 iPhone。

必備單字

第 1 課

처음 뵙겠습니다.
初次見面

 本文單字

저	我（나的謙語）
醜	jo*

김	金（姓氏）
可衣嗯	gim

학생	學生
哈先嗯	hak.sse*ng

회사원	上班族、公司員工
灰沙我嗯	hwe.sa.won

대학생	大學生
貼哈先嗯	de*.hak.sse*ng

아니다	不是
阿你打	a.ni.da

그 사람	那個人（離聽話者較近）
可 沙郎嗯	geu sa.ram

저 사람	那個人（離雙方都遠）
醜 沙郎嗯	jo* sa.ram

그분　　　那位（그 사람的尊敬型）
可不嗯　geu.bun

저분　　　那位（저 사람的尊敬型）
醜不嗯　jo*.bun

누구　誰
努估　nu.gu

～ 씨　～先生、～小姐
系　　ssi

사장　　社長
沙髒恩　sa.jang

중국 사람　中國人
尊估 沙郎嗯　jung.guk/sa.ram

미국 사람　美國人
咪估 沙郎嗯　mi.guk/sa.ram

대만 사람　台灣人
貼蠻 沙郎嗯　de*.man/sa.ram

일본 사람　日本人
衣兒崩 沙郎嗯　il.bon/sa.ram

일학년　　一年級
衣兒夯妞　il.hang.nyo*n

삼성전자　三星電子
三松寵紮　sam.so*ng.jo*n.ja

여동생　　妹妹
呦東先嗯　yo*.dong.se*ng

오빠　哥哥（妹妹稱呼哥哥時）
喔爸　o.ba

언니　姊姊（妹妹稱呼姊姊時）
翁你　o*n.ni

개　　狗
K　ge*

고양이　　貓咪
口央衣　go.yang.i

옷　　衣服
歐特　ot

물　　水
木兒　mul

菜韓文
基礎實用篇

 本文語法 1

名詞＋입니다 .

是…。

解説：이다（是）＋ㅂ니다（格式體尊敬型終結語尾）→입니다

여자입니다 .
呦粢影你打
yo*.ja.im.ni.da
是女生。

남자입니다 .
男粢影你打
nam.ja.im.ni.da
是男生。

개입니다 .
K影你打
ge*.im.ni.da
是狗。

고양이입니다 .
口央衣影你打
go.yang.i.im.ni.da
是貓咪。

本文語法 2

> ### 名詞＋입니까？
> ### 是…嗎？

解說：이다 (是) ＋ㅂ니까？ (為ㅂ니다的疑問型終結語尾) →입니까？

여자입니까？
呦紮影你嗄
yo*.ja.im.ni.ga
是女生嗎？

남자입니까？
男紮影你嗄
nam.ja.im.ni.ga
是男生嗎？

개입니까？
K影你嗄
ge*.im.ni.ga
是狗嗎？

고양이입니까？
口央衣影你嗄
go.yang.i.im.ni.ga
是貓咪嗎？

 本文語法 3

> 有尾音名詞＋이 아닙니다.
> 不是…。

解說：아니다（不是）＋ㅂ니다（格式體尊敬型終結語尾）
　　　→아닙니다

책이 아닙니다.
雌耶個衣 阿您你打
che*.gi/a.nim.ni.da
不是書。

옷이 아닙니다.
喔西 阿您你打
o.si/a.nim.ni.da
不是衣服。

물이 아닙니다.
木里 阿您你打
mu.ri/a.nim.ni.da
不是水。

신발이 아닙니다.
心巴里 阿您你打
sin.ba.ri/a.nim.ni.da
不是鞋子。

本文語法 4

> 無尾音名詞＋가 아닙니다.
>
> 不是…。

解説：아니다（不是）＋ㅂ니다（格式體尊敬型終結語尾）
  →아닙니다

치마가 아닙니다.
七媽嘎 阿您你打
chi.ma.ga/a.nim.ni.da
不是裙子。

바지가 아닙니다.
怕幾嘎 阿您你打
ba.ji.ga/a.nim.ni.da
不是褲子。

구두가 아닙니다.
苦賭嘎 阿您你打
gu.du.ga/a.nim.ni.da
不是皮鞋。

코가 아닙니다.
扣嘎 阿您你打
ko.ga/a.nim.ni.da
不是鼻子。

 本文語法 5

名詞+이 / 가 아닙니까？
不是…嗎？

解説：아니다（不是）＋ㅂ니까？（疑問型終結語尾）→아닙니까？

옷이 아닙니까？
喔西 阿您你嘎
o.si/a.nim.ni.ga
不是衣服嗎？

물이 아닙니까？
木里 阿您你嘎
mu.ri/a.nim.ni.ga
不是水嗎？

구두가 아닙니까？
苦賭嘎 阿您你嘎
gu.du.ga/a.nim.ni.ga
不是皮鞋嗎？

바지가 아닙니까？
怕幾嘎 阿您你嘎
ba.ji.ga/a.nim.ni.ga
不是褲子嗎？

 本文語法 6

韓語固有數字＋살
~歲

解説：年紀的講法，是使用韓語固有數字。但是，數字1、2、3、4、20 後面接上量詞時，會變成한、두、세、네、스무的型態。

일곱 살 .
衣兒狗 撒兒
il.gop/sal
七歲。

열여덟 살 .
呦溜豆兒 撒兒
yo*.ryo*.do*l/sal
十八歲。

스무 살 .
思木 撒兒
seu.mu/sal
二十歲。

서른 다섯 살 .
搜冷 他蒐 撒兒
so*.reun/da.so*t/sal
三十五歲。

 句型練習

저는 김미연입니다 .
醜能 可衣嗯咪庸影你打
jo*.neun/gim.mi.yo*.nim.ni.da
我是金美妍。

저는 학생입니다 .
醜能 哈先嗯影你打
jo*.neun/hak.sse*ng.im.ni.da
我是學生。

저는 회사원입니다 .
醜能 灰沙我您你打
jo*.neun/hwe.sa.wo.nim.ni.da
我是上班族。

저는 대학생이 아닙니다 .
醜能 貼哈先嗯衣 阿您你打
jo*.neun/de*.hak.sse*ng.i/a.nim.ni.da
我不是大學生。

저는 의사가 아닙니다 .
醜能 而衣沙嘎 阿您你打
jo*.neun/ui.sa.ga/a.nim.ni.da
我不是醫生。

그 사람은 누구입니까 ?
可 沙郎們 努估影你嘎
geu/sa.ra.meun/nu.gu.im.ni.ga
那個人是誰？

그분은 누구입니까?
科不能 努估影你嗄
geu.bu.neun/nu.gu.im.ni.ga
那位是誰?

저 사람은 준영 씨입니까?
醜 撒拉悶 尊庸 系影你嗄
jo*/sa.ra.meun/ju.nyo*ng/ssi.im.ni.ga
那個人是俊英嗎?

저분은 김 사장님입니까?
醜不能 可衣嗯 撒髒你敏你嗄
jo*.bu.neun/gim/sa.jang.ni.mim.ni.ga
那位是金社長嗎?

진미미 씨는 중국 사람입니다.
請米米 系能 尊估 撒拉敏你打
jin.mi.mi/ssi.neun/jung.guk/sa.ra.mim.ni.da
陳美美是中國人。

마이클 씨는 미국 사람입니다.
媽衣可兒 系能 咪估 撒拉敏你打
ma.i.keul/ssi.neun/mi.guk/sa.ra.mim.ni.da
麥可是美國人。

장숙영 씨도 대만 사람입니다.
長速個呦 系豆 貼蠻 撒拉敏你打
jang.su.gyo*ng/ssi.do/de*.man/sa.ra.mim.ni.da
張淑英也是台灣人。

그 사람도 일본 사람입니다 .
科 沙朗豆 衣兒蹦 撒拉敏你打
geu/sa.ram.do/il.bon/sa.ra.mim.ni.da
那個人也是日本人。

저는 고려대학교 일학년 학생입니다 .
醜能 口溜貼哈個呦 衣兒夯妞 哈先嗯影你打
jo*.neun/go.ryo*.de*.hak.gyo/il.hang.nyo*n/hak.sse*ng.im.ni.da
我是高麗大學一年級的學生。

민석 씨는 삼성전자 회사원입니다 .
敏嗽 系能 三松寵䋈 輝沙我您你打
min.so*k/ssi.neun/sam.so*ng.jo*n.ja/hwe.sa.wo.nim.ni.da
敏碩是三星電子的上班族。

나이가 어떻게 돼요 ?
那衣嘎 喔豆K 腿呦
na.i.ga/o*.do*.ke/dwe*.yo
你年紀多大？

여동생은 열 살입니다 .
呦東先嗯 呦兒 撒領你打
yo*.dong.se*ng.eun/yo*l/sa.rim.ni.da
妹妹十歲。

오빠는 스물한 살입니다 .
喔爸能 思木憨 撒領你打
o.ba.neun/seu.mul.han/sa.rim.ni.da
哥哥二十一歲。

會話練習 1 — 認識韓國朋友

A：처음 뵙겠습니다 . 장숙영입니다 .
抽嗯 配給參你打 長速永影你打
cho*.eum/bwep.get.sseum.ni.da//jang.su.gyo*ng.
im.ni.da

A：대만에서 왔습니다 .
貼媽內搜 哇參你打
de*.ma.ne.so*/wat.sseum.ni.da

B：김미연입니다 .
可衣恩咪庸影你打
gim.mi.yo*.nim.ni.da

B：한국 사람입니다 .
憨估 沙拉敏你打
han.guk/sa.ra.mim.ni.da

B：만나서 반갑습니다 .
蠻那搜 盤嘎參你打
man.na.so*/ban.gap.sseum.ni.da

中譯 1

A：初次見面，我是張淑英。
A：我從台灣來的。
B：我是金美妍。
B：我是韓國人。
B：很高興見到你。

菜韓文
基礎實用篇

 會話練習 2 －詢問對方名字

A：성함이 어떻게 되세요?
松憨咪 喔豆 K 腿誰呦
so*ng.ha.mi/o*.do*.ke/dwe.se.yo

B：이건입니다.
衣拱影你打
i.go*.nim.ni.da

A：한국분입니까?
憨估布您你嘎
han.guk.bu.nim.ni.ga

B：네, 한국 사람입니다.
內 憨估 沙拉敏你打
ne//han.guk/sa.ra.mim.ni.da

B：아니요. 한국 사람이 아닙니다.
阿你呦 憨估 沙拉咪 阿您你打
a.ni.yo//han.guk/sa.ra.mi/a.nim.ni.da

中譯 2

A：請問您貴姓大名?
B：我是李健。
A：你是韓國人嗎?
B：對,我是韓國人。
B：不,我不是韓國人。

會話練習 3 —留學生自我介紹

A : 여러분 , 안녕하세요 .
呦囉不嗯 安妞哈誰呦
yo*.ro*.bun//an.nyo*ng.ha.se.yo

B : 안녕하세요 .
安妞哈誰呦
an.nyo*ng.ha.se.yo

A : 저는 유학생 진건호입니다 .
醜能 U 哈先恩 請拱齁影你打
jo*.neun/yu.hak.sse*ng/jin.go*n.ho.im.ni.da

A : 앞으로 잘 부탁합니다 .
阿噴囉 差兒 鋪他看你打
a.peu.ro/jal/bu.ta.kam.ni.da

B : 저도 잘 부탁합니다 .
醜豆 差兒 鋪他看你打
jo*.do/jal/bu.ta.kam.ni.da

 中譯 3

A : 大家好。
B : 你好。
A : 我是留學生陳建豪。
A : 以後請多關照。
B : 我也請你多關照。

會話練習 4 ─ 詢問對方年齡

A：나이가 어떻게 돼요？
那衣嘎 喔豆 K 腿呦
na.i.ga/o*.do*.ke/dwe*.yo

B：저는 스물다섯 살이에요．
醜能 思木兒打搜 撒里耶呦
jo*.neun/seu.mul.da.so*t/sa.ri.e.yo

B：미연 씨는요？
咪庸 系呢妞
mi.yo*n/ssi.neu.nyo

A：저는 스물세 살이에요．
醜能 思木兒誰 撒里耶呦
jo*.neun/seu.mul.se/sa.ri.e.yo

B：세가 오빠네요．
賊嘎 喔爸內呦
je.ga/o.ba.ne.yo

中譯 4

A：你年紀多大？
B：我 25 歲。
B：美妍你呢？
A：我 23 歲。
B：我是哥哥呢！

隨堂測驗

1. 我是高中生。
→ _____ .

2. 我不是小學生。
→ _____ .

3. 哥哥是警察。
→ _____ .

4. 那位不是老師嗎？
→ _____ ?

5. 我 39 歲。
→ _____ .

6. 姊姊 16 歲。
→ _____ .

 單字參考

고등학생	高中生
口登哈先嗯	go.deung.hak.sse*ng

초등학생	小學生
抽登哈先嗯	cho.deung.hak.sse*ng

菜韓文
基礎實用篇

第 2 課

이것은 무엇입니까?
這是什麼?

本文單字

이것　這個（東西離自己較近）
衣狗　i.go*t

그것　那個（東西離對方較近）
科狗　geu.go*t

저것　那個（東西較遠）
醜狗　jo*.go*t

이～　這（指示的事物離説話者近）
衣　　i

그～　那（指示的事物離聽話者近）
科　　geu

저～　那（指示的事物離雙方都遠）
醜　　jo*

책　　書
雌耶　che*k

사전　字典
撒總　sa.jo*n

잡지　雜誌
差不幾　jap.jji

신문　報紙
心木恩　sin.mun

만화책　漫畫
蠻花雌耶　man.hwa.che*k

공책　筆記本
空雌耶　gong.che*k

수첩　手冊
蘇臭不　su.cho*p

명함　名片
謬恩憨　myo*ng.ham

카드　卡片
髂的　ka.deu

생일카드　生日卡片
先衣兒髂的　se*ng.il.ka.deu

축하카드　賀卡
粗卡髂的　chu.ka.ka.deu

볼펜　　　原子筆
波兒胚恩　bol.pen

샤프 펜슬　自動筆
蝦噴 胚恩奢　sya.peu/pen.seul

열쇠　　　鑰匙
呦兒雖　yo*l.swe

시계　　時鐘
西給　si.gye

우산　　雨傘
屋山　u.san

가방　　包包
卡邦　ga.bang

텔레비전　　電視
貼兒類逼總　tel.le.bi.jo*n

카메라　　相機
髂妹啦　ka.me.ra

컴퓨터　　電腦
空噴U投　ko*m.pyu.to*

TRACK 026

자동차　汽車
差東擦　ja.dong.cha

책상　書桌
雌耶商　che*k.ssang

의자　椅子
兒衣紮　ui.ja

커피　咖啡
摳匹　ko*.pi

영어　英語
庸喔　yo*ng.o*

일본어　日語
衣兒崩喔　il.bo.no*

한국어　韓語
憨估狗　han.gu.go*

무슨　什麼（作冠詞用）
木神　mu.seun

무엇　什麼
木喔特　mu.o*t

 本文語法 1

名詞＋은 / 는
主題

解説：「은 / 는」是助詞，接在名詞後方表示主題，主題就是後面要敘述，或判斷的對象。有尾音的名詞接은，無尾音的名詞接는。

이것은 시계입니까 ?
衣狗神 西給影你嘎
i.go*.seun/si.gye.im.ni.ga
這是時鐘嗎？

그것은 텔레비전입니다 .
可狗神 貼兒類逼走您你打
geu.go*.seun/tel.le.bi.jo*.nim.ni.da
那是電視。

그것은 핸드폰이 아닙니다 .
可狗神 黑恩的朋你 阿您你打
geu.go*.seun/he*n.deu.po.ni/a.nim.ni.da
那不是手機。

저는 여자입니다 .
醜能 呦炸影你打
jo*.neun/yo*.ja.im.ni.da
我是女生。

 **本文語法 2**

名詞＋의

…的…

解說：我 (나、저)、你 (너) 和의一起使用時，可以合併為내、제 (我的)、네 (你的) 的型態。而且大部分情況，의都可以省略。

오빠의 책상 .
歐爸耶 雌耶商恩
o.ba.ui/che*k.ssang
哥哥的書桌。

저의 의자 . (= 제 의자)
醜耶 兒衣炸
jo*.ui/ui.ja
我的椅子。

나의 커피 . (= 내 커피)
哪耶 扣屁
na.ui/ko*.pi
我的咖啡。

언니의 일본어 책 .
翁你耶 衣兒崩 no 雌耶
o*n.ni.ui/il.bo.no*/che*k
姊姊的日語書。

 本文語法 3

名詞+의 것
~ 的（東西）

解說：這裡的依存名詞「것」，可以用來取代前面出現過的名詞，不需要再重複。

이 공책은 저의 것입니다 .
衣 恐雌耶跟 醜耶 狗心你打
i/gong.che*.geun/jo*.ui/go*.sim.ni.da
這本筆記本是我的。

저 시계는 누구의 것입니까 ?
醜 西給能 努估耶 狗心你嘎
jo*/si.gye.neun/nu.gu.ui/go*.sim.ni.ga
那個時鐘是誰的？

그 사전은 오빠의 것입니까 ?
可 撒走能 歐爸耶 狗心你嘎
geu/sa.jo*.neun/o.ba.ui/go*.sim.ni.ga
那本字典是哥哥的嗎？

이 명함은 제 것입니다 .
衣 謬恩哈悶 賊 狗新你打
i/myo*ng.ha.meun/je/go*.sim.ni.da
這張名片是我的。

 本文語法 4

무슨＋名詞

什麼的～

解説：무슨為冠形詞，放在名詞前方，用來詢問某物的種類或屬性。

이것은 무슨 카드입니까？
衣狗神 木森 髂的影你嘎
i.go*.seun/mu.seun/ka.deu.im.ni.ga
這是什麼卡片？

그것은 축하카드입니다 .
可狗神 粗卡髂的影你打
geu.go*.seun/chu.ka.ka.deu.im.ni.da
那是賀卡。

그것은 무슨 펜입니까？
可狗神 木森 配您你嘎
geu.go*.seun/mu.seun/pe.nim.ni.ga
那是什麼筆？

이것은 연필입니다 .
衣狗神 庸匹領你打
i.go*.seun/yo*n.pi.rim.ni.da
這是鉛筆。

 句型練習

이것은 책입니다 .
衣狗神 雌耶個英你打
i.go*.seun/che*.gim.ni.da
這個是書。

그것은 신문입니다 .
可狗神 心木您你打
geu.go*.seun/sin.mu.nim.ni.da
那個是報紙。

저것은 만화책입니다 .
醜狗神 蠻花雌耶個英你打
jo*.go*.seun/man.hwa.che*.gim.ni.da
那個是漫畫書。

이것은 컴퓨터 책입니다 .
衣狗神 恐噴 U 頭 雌耶個英你打
i.go*.seun/ko*m.pyu.to*/che*.gim.ni.da
這個是電腦書。

그것은 저의 가방입니다 .
可狗神 醜耶 卡邦影你打
geu.go*.seun/jo*.ui/ga.bang.im.ni.da
那是我的包包。

이것은 제 카메라입니다 .
衣狗神 賊 髂妹拉影你打
i.go*.seun/je/ka.me.ra.im.ni.da
這個是我的相機。

그것은 무슨 잡지입니까 ?
可狗神 木森 渣己影你嘎
geu.go*.seun/mu.seun/jap.jji.im.ni.ga
那是什麼雜誌？

이것은 자동차 잡지입니다 .
衣狗神 差東擦 炸機影你打
i.go*.seun/ja.dong.cha/jap.jji.im.ni.da
這是汽車雜誌。

이것은 무엇입니까 ?
衣狗神 木喔新你嘎
i.go*.seun/mu.o*.sim.ni.ga
這個是什麼？

그것은 축하카드입니다 .
可狗神 粗骼骼的影你打
gou.go*.seun/chu.ka.ka.deu.lm.ni.da
那個是賀卡。

그것은 연필입니까 ?
可狗神 庸匹領你嘎
geu.go*.seun/yo*n.pi.rim.ni.ga
那個是鉛筆嗎？

아니요 . 연필이 아닙니다 . 볼펜입니다 .
阿你呦 庸匹里 阿您你打 潑兒配您你打
a.ni.yo//yo*n.pi.ri/a.nim.ni.da.//bol.pe.nim.ni.da
不，不是鉛筆，是原子筆。

그 책은 누구의 것입니까?
科 雌耶跟 努估耶 狗心你嘎
geu/che*.geun/nu.gu.ui/go*.sim.ni.ga
那本書是誰的?

이 책은 미연 씨의 것입니다.
衣 雌耶跟 咪庸 系耶 狗心你打
i/che*.geun/mi.yo*n/ssi.ui/go*.sim.ni.da
這本書是美妍的。

이 열쇠는 누구 것입니까?
衣 呦兒雖能 努估 狗心你嘎
i/yo*l.swe.neun/nu.gu/go*.sim.ni.ga
這個鑰匙是誰的?

제 것입니다.
賊 狗心你打
je/go*.sim.ni.da
是我的。

이 우산은 저의 것입니다.
衣 烏三能 醜耶 狗心你打
i/u.sa.neun/jo*.ui/go*.sim.ni.da
這把雨傘是我的。

그 수첩도 제 것입니다.
科 酥湊豆 賊 狗心你打
geu/su.cho*p.do/je/go*.sim.ni.da
那本手冊也是我的。

 會話練習1－詢問某一物品為何

A：그것은 무엇입니까？
可狗神 木喔新你嘎
geu.go*.seun/mu.o*.sim.ni.ga

B：씨디입니다.
西低影你打
ssi.di.im.ni.da

A：무슨 씨디입니까？
木神 西低影你嘎
mu.seun/ssi.di.im.ni.ga

B：한국어 씨디입니다.
憨估狗 西低影你打
han.gu.go*/ssi.di.im.ni.da

A：저것도 힌국어 씨디입니까？
醜狗豆 憨估狗 西低影你嘎
jo*.go*t.do/han.gu.go*/ssi.di.im.ni.ga

中譯1

> A：那是什麼？
> B：是 CD。
> A：是什麼 CD？
> B：韓國語 CD。
> A：那個也是韓國語 CD 嗎？

會話練習 2 － 詢問某物是誰的東西

A : 이 펜은 미연 씨의 것입니까 ?
衣 配能 咪庸 系 A 狗新你嘎
i/pe.neun/mi.yo*n/ssi.ui/go*.sim.ni.ga

B : 아니요 . 제 것이 아닙니다 .
阿你呦 賊 狗西 阿您你打
a.ni.yo//je/go*.si/a.nim.ni.da

A : 그럼 누구의 것입니까 ?
可龍嗯 努古 A 狗心你嘎
geu.ro*m/nu.gu.ui/go*.sim.ni.ga

B : 이건 씨의 것입니다 .
衣拱 系 A 狗心你打
i.go*n/ssi.ui/go*.sim.ni.da

A : 그 샤프 펜슬도 이건 씨 것입니까 ?
可 蝦噴 配嗯奢兒豆 衣拱 系 狗新你嘎
geu/sya.peu/pen.seul.do/i.go*n/ssi/go*.sim.ni.ga

中譯 2

```
A : 這支筆是美妍你的嗎？
B : 不是，不是我的。
A : 那是誰的？
B : 是李健的。
A : 那支自動鉛筆也是李健的嗎？
```

會話練習 3 －送生日禮物時

A : 생일 선물입니다 .
先恩衣兒 松木領你打
se*ng.il/so*n.mu.rim.ni.da

A : 그리고 이것은 생일 카드입니다 .
可李狗 衣狗神 先衣兒 卡的影你打
geu.ri.go/i.go*.seun/se*ng.il/ka.deu.im.ni.da

B : 아 , 고맙습니다 .
阿 口媽不森你打
a//go.map.sseum.ni.da

B : 무슨 선물입니까 ?
木身 松木領你嘎
mu.seun/so*n.mu.rim.ni.ga

A : 가방입니다 . 받으세요 .
卡邦影你打 怕的誰呦
ga.bang.im.ni.da//ba.deu.se.yo

中譯 3

A : 這是生日禮物。
A : 還有這個是生日卡片。
B : 啊！謝謝。
B : 這是什麼禮物？
A : 是包包。請收下。

隨堂測驗

1. 那是什麼水果？
→ 　　　　　　　　　　　　　　　　　　　　　　　　　　　 ?

2. 這個是蘋果。
→ 　　　　　　　　　　　　　　　　　　　　　　　　　　　 .

3. 這副眼鏡是誰的？
→ 　　　　　　　　　　　　　　　　　　　　　　　　　　　 ?

4. 這副眼鏡是李健的。
→ 　　　　　　　　　　　　　　　　　　　　　　　　　　　 .

5. 那支手機是我的。
→ 　　　　　　　　　　　　　　　　　　　　　　　　　　　 .

6. 這本漫畫書不是我的。
→ 　　　　　　　　　　　　　　　　　　　　　　　　　　　 .

 單字參考

과일	水果
誇衣兒	gwa.il

사과	蘋果
沙寡	sa.gwa

菜韓文
基礎實用篇

第 3 課

이것은 얼마예요 ?
這個多少錢？

本文單字

여기　這裡（靠近自己）
呦個衣　yo*.gi

거기　那裡（靠近對方）
ㄎ個衣　go*.gi

저기　那裡（離雙方都遠）
醜個衣　jo*.gi

어디　哪裡
喔低　o*.di

이 쪽　這邊（靠近自己）
衣走　i.jjok

그 쪽　那邊（靠近對方）
刻走　geu.jjok

저 쪽　那邊（離雙方都遠）
醜走　jo*.jjok

어느 쪽　哪一邊
喔呢走　o*.neu jjok

식당　　餐館、小吃店
系當恩　sik.dang

교실　　　教室
可呦西兒　gyo.sil

학원　　補習班
哈果恩　ha.gwon

회사　　公司
灰撒　　hwe.sa

사무실　　辦公室
撒木西兒　sa.mu.sil

회의실　　會議室
灰衣西兒　hwe.ui.sil

집　　　家
幾不　jip

방　　房間
旁恩　bang

화장실　　廁所
花髒西兒　hwa.jang.sil

신발　鞋子
新巴兒　sin.bal

구두　皮鞋
苦賭　gu.du

발　　腳
怕兒　bal

손　　手
松恩　son

소주　燒酒
搜組　so.ju

맥주　啤酒
妹組　me*k.jju

담배　香菸
彈杯　dam.be*

쇼핑몰　購物中心
修拼摸兒　syo.ping.mol

엘리베이터　電梯
A兒里胚衣投　el.li.be.i.to*

菜韓文
基礎實用篇

 **本文語法 1**

無尾音名詞＋예요.

是…。

解説：非格式體尊敬型예요和格式體尊敬型입니다都是對聽話者表示
尊敬的終結語尾，但입니다使用在較正式、恭敬的場合上，예요則是
韓國人日常生活中最常用的尊敬形態。

사과예요？
沙瓜耶呦
sa.gwa.ye.yo
是蘋果嗎？

사과예요.
沙瓜耶呦
sa.gwa.ye.yo
是蘋果。

바시예요？
怕幾耶呦
ba.ji.ye.yo
是褲子嗎？

바지예요.
怕幾耶呦
ba.ji.ye.yo
是褲子。

 本文語法 2

有尾音名詞＋이에요.
是…。

解說：예요和이에요可使用在敘述句和疑問句上，若使用在疑問句上，句尾音調要上揚。

컵이에요 .
扣逼耶呦
ko*.bi.e.yo
是杯子。

약이에요 ?
呀個衣耶呦
ya.gi.e.yo
是藥嗎？

발이에요 ?
怕里耶呦
ba.ri.e.yo
是腳嗎？

손이에요 .
搜你耶呦
so.ni.e.yo
是手。

 **本文語法 3**

無尾音名詞＋가 아니에요.
不是…。

解説：「非格式體尊敬型」可使用在敘述句和疑問句上，若使用在疑問句上，句尾音調要上揚。

전화가 아니에요 ?
重花嘎 阿你耶呦
jo*n.hwa.ga/a.ni.e.yo
不是電話嗎？

전화가 아니에요 .
重花嘎 阿你耶呦
jo*n.hwa.ga/a.ni.e.yo
不是電話。

담배가 아니에요 ?
彈杯嘎 阿你耶呦
dam.be*.ga/a.ni.e.yo
不是香菸嗎？

담배가 아니에요 .
彈杯嘎 阿你耶呦
dam.be*.ga/a.ni.e.yo
不是香菸。

 本文語法 4

有尾音名詞＋이 아니에요.

不是…。

解說：아니다（不是）的非格式體尊敬型為「아니에요」。雖沒有아닙니다來的正式、恭敬，但也是韓國人經常使用的敬語型態。

학원이 아니에요？
哈果你 阿你耶呦
ha.gwo.ni/a.ni.e.yo
不是補習班嗎？

학원이 아니에요.
哈果你 阿你耶呦
ha.gwo.ni/a.ni.e.yo
不是補習班。

집이 아니에요？
幾逼 阿你耶呦
ji.bi/a.ni.e.yo
不是家嗎？

집이 아니에요.
幾逼 阿你耶呦
ji.bi/a.ni.e.yo
不是家。

 本文語法 5

漢字音數字＋원
～韓圜

解說：價格的講法，要使用漢字音數字。如果前面的數字是 1 時，則不需將일念出來。

만팔천원 .
蠻趴兒蔥我恩
man.pal.cho*.nwon
一萬八千韓圜

천오백원 .
蔥 no 輩果恩
cho*.no.be*.gwon
一千五百韓圜

육천사백삼십원 .
U 蔥撒輩三恩系撥恩
yuk.cho*n.sa.be*k.ssam.si.bwon
六千四百三十韓圜

구만이천팔백십오원 .
苦媽你蔥趴兒輩西波我恩
gu.ma.ni.cho*n.pal.be*k.ssi.bo.won
九萬兩千八百十五韓圜

 **句型練習**

여기는 회사입니다 .
呦個衣能 灰撒影你打
yo*.gi.neun/hwe.sa.im.ni.da
這裡是公司。

여기는 회사예요 .
呦個衣能 灰撒耶呦
yo*.gi.neun/hwe.sa.ye.yo
這裡是公司。

거기는 학교입니다 .
口個衣能 哈個呦影你打
go*.gi.neun/hak.gyo.im.ni.da
那裡是學校。

거기는 학교예요 .
口個衣能 哈個呦耶呦
go*.gi.neun/hak.gyo.ye.yo
那裡是學校。

저기는 어디입니까 ?
醜個衣能 喔低影你嘎
jo*.gi.neun/o*.di.im.ni.ga
那裡是哪裡 ?

저기는 어디예요 ?
醜個衣能 喔低耶呦
jo*.gi.neun/o*.di.ye.yo
那裡是哪裡 ?

菜韓文 基礎實用篇

화장실은 이쪽입니다 .
花髒西冷 衣走個影你打
hwa.jang.si.reun/i.jjo.gim.ni.da
廁所在這邊。

화장실은 이쪽이에요 .
花髒西冷 衣走個衣耶呦
hwa.jang.si.reun/i.jjo.gi.e.yo
廁所在這邊。

이쪽은 회의실입니다 .
衣奏跟 灰衣西領你打
i.jjo.geun/hwe.ui.si.rim.ni.da
這邊是會議室。

이쪽은 회의실이에요 .
衣奏跟 灰衣西里耶呦
i.jjo.geun/hwe.ui.si.ri.e.yo
這邊是會議室。

에스컬레이터는 저쪽이 아닙니다 .
A 思口兒類衣頭能 醜走個衣 阿您你打
e.seu.ko*l.le.i.to*.neun/jo*.jjo.gi/a.nim.ni.da
電扶梯不在那邊。

에스컬레이터는 저쪽이 아니에요 .
A 思口兒類衣頭能 醜走個衣 阿你耶呦
e.seu.ko*l.le.i.to*.neun/jo*.jjo.gi/a.ni.e.yo
電扶梯不在那邊。

여기는 누구의 방입니까?
呦個衣能 努古耶 旁影你嘎
yo*.gi.neun/nu.gu.ui/bang.im.ni.ga
這裡是誰的房間？

여기는 누구의 방이에요?
呦個衣能 努古耶 旁衣耶呦
yo*.gi.neun/nu.gu.ui/bang.i.e.yo
這裡是誰的房間？

여기는 동생의 방입니다.
呦個衣能 同先恩耶 旁影你打
yo*.gi.neun/dong.se*ng.ui/bang.im.ni.da
這裡是妹妹（弟弟）的房間。

여기는 동생의 방이에요.
呦個衣能 同先耶 旁衣耶呦
yo*.gi.neun/dong.se*ng.ui/bang.i.e.yo
這裡是妹妹（弟弟）的房間。

거기는 제 방입니다.
口個衣能 賊 旁影你打
go*.gi.neun/je/bang.im.ni.da
那裡是我的房間。

거기는 제 방이에요.
口個衣能 賊 旁衣耶呦
go*.gi.neun/je/bang.i.e.yo
那裡是我的房間。

 會話練習 1 — 詢問樓層時

A：실례합니다. 마트는 몇 층입니까?
西兒勒憨你打 媽特能 謬 層影你嘎
sil.lye.ham.ni.da//ma.teu.neun/myo*t/cheung.im.ni.ga

B：지하 일층입니다.
七哈 衣兒層影你打
ji.ha/il.cheung.im.ni.da

A：엘리베이터는 어느 쪽입니까?
A 兒里背衣投能 喔呢 走金你嘎
el.li.be.i.to*.neun/o*.neu/jjo.gim.ni.ga

B：저쪽입니다.
醜走金你打
jo*.jjo.gim.ni.da

A：감사합니다.
砍殺憨你打
gam.sa.ham.ni.da

中譯 1

A：不好意思，請問超市在幾樓？
B：在地下一樓。
A：電梯在哪一邊？
B：在那邊。
A：謝謝您。

이것은 얼마예요?
第3課 這個多少錢？

71

會話練習 2 — 買運動鞋時

A : 아주머니 , 그 운동화를 보여 주세요 .
阿租摸你 可 溫東花惹 潑呦 租誰呦
a.ju.mo*.ni//geu/un.dong.hwa.reul/bo.yo*/ju.se.yo

B : 여기 있습니다 .
呦可衣 衣森你打
yo*.gi/it.sseum.ni.da

A : 이 운동화는 얼마입니까 ?
衣 溫東花能 喔兒媽影你嘎
i/un.dong.hwa.neun/o*l.ma.im.ni.ga

B : 오만이천원입니다 .
歐媽你聰我您你打
o.ma.ni.cho*.nwo.nim.ni.da

A : 그럼 이것을 주세요 .
可隆恩 衣狗奢 租誰呦
geu.ro*m/i.go*.seul/jju.se.yo

中譯 2

A：阿姨，請給我看看那雙運動鞋。
B：在這裡。
A：這雙運動鞋多少錢？
B：五萬兩千韓圜。
A：那請給我這個。

 會話練習 3 —詢問是什麼酒

A：이것은 무슨 술이에요 ?
衣狗神 木身 酥里耶呦
i.go*.seun/mu.seun/su.ri.e.yo

B：소주예요 .
搜租耶呦
so.ju.ye.yo

A：이것도 소주예요 ?
衣狗豆 搜租耶呦
i.go*t.do/so.ju.ye.yo

B：그것은 소주가 아니에요 . 맥주예요 .
可狗神 搜租嘎 阿你耶呦 妹租耶呦
geu.go*.seun/so.ju.ga/a.ni.e.yo//me*k.jju.ye.yo

A：그럼 이것은 와인이에요 ?
可龍 衣狗神 哇衣你耶呦
geu.ro*m/i.go*.seun/wa.i.ni.e.yo

 中譯 3

A：這個是什麼酒？
B：是燒酒。
A：這個也是燒酒嗎？
B：那不是燒酒，是啤酒。
A：那這個是紅酒嗎？

 이것은 얼마예요?
第3課 這個多少錢？

隨堂測驗

1. 餐館在幾樓？
→ _____?

2. 我的手機在哪裡？
→ _____?

3. 這裡是公園。
→ _____.

4. 這件褲子多少錢？
→ _____?

5. 那本書一萬七千韓圜。
→ _____.

6. 這個不是電腦。
→ _____.

單字參考

공원	公園
空我恩	gong.won

바지	褲子
趴幾	ba.ji

菜韓文
基礎實用篇

第 4 課

지금은 몇 시예요?
現在幾點？

本文單字

지금　現在
七跟恩　ji.geum

몇 시　幾點
謬西　myo*t/si

오늘　今天
歐呢兒　o.neul

내일　明天
內衣兒　ne*.il

모레　後天
摸類　mo.re

아침　早上、早餐
阿七恩　a.chim

점심　中午、午餐
寵心恩　jo*m.sim

오전　上午
歐總恩　o.jo*n

오후　下午
歐乎　o.hu

저녁　傍晚、晚餐
醜妞　jo*.nyo*k

밤　晚上
盤恩　bam

매일　每天
妹衣兒　me*.il

월요일　星期一
我溜衣兒　wo.ryo.il

화요일　星期二
花呦衣兒　hwa.yo.il

수요일　星期三
酥呦衣兒　su.yo.il

목요일　星期四
摸個呦衣兒　mo.gyo.il

금요일　星期五
科謬衣兒　geu.myo.il

토요일　　星期六
透呦衣兒　to.yo.il

일요일　　星期日
衣溜衣兒　i.ryo.il

요일　　星期
呦衣兒　yo.il

주말　　週末
租媽兒　ju.mal

휴관일　　休館日
喝U關你兒　hyu.gwa.nil

우체국　　郵局
烏雌耶古　u.che.guk

도서관　　圖書館
投搜管恩　do.so*.gwan

박물관　　博物館
旁木兒管　bang.mul.gwan

일어나다　　起床
衣囉那打　i.ro*.na.da

출근하다　　上班
粗兒跟哈打　　chul.geun.ha.da

퇴근하다　　下班
推跟哈打　　twe.geun.ha.da

쉬다　　休息
噓打　　swi.da

읽다　　閱讀
衣打　　ik.da

듣다　　聽
特打　　deut.da

운동회　　運動會
溫東毀　　un.dong.hwe

언제　　什麼時候
翁賊　　o*n.je

이번 주　　這星期
衣崩 組　　i.bo*n/ju

같이　　一起
卡氣　　ga.chi

 本文語法 1

名詞＋이 / 가
主格助詞

解說：接在名詞後方，表示前方的名詞為句子的主語。有尾音的名詞接이，無尾音的名詞接가。

여기가 회사예요 ?
呦個衣嘎 灰撒耶呦
yo*.gi.ga/hwe.sa.ye.yo
這裡是公司嗎？

그것이 치마입니까 ?
可狗西 七媽影你嘎
geu.go*.si/chi.ma.im.ni.ga
那是裙子嗎？

그가 학생입니까 ?
可嘎 哈先影你嘎
geu.ga/hak.sse*ng.im.ni.ga
他是學生嗎？

눈이 옵니다 .
努你 翁你打
nu.ni/om.ni.da
下雪了。

 本文語法 2

無尾音語幹＋ㅂ니다 .
格式體尊敬型終結語尾

解說：為相當正式的敬語用法，使用在較正式的場合上，例如演講、開會、生意場合、與長輩談話等。疑問型為「ㅂ니까？」。

잡니다 .
禪恩你打
jam.ni.da
睡覺。

쉽니다 .
噓恩你打
swim.ni.da
休息。

잡니까 ?
禪恩你嘎
jam.ni.ga
睡覺嗎？

쉽니까 ?
噓恩你嘎
swim.ni.ga
休息嗎？

 本文語法 3

有尾音語幹＋습니다．
格式體尊敬型終結語尾

解說：為相當正式的敬語用法，使用在較正式的場合上，例如演講、開會、生意場合、與長輩談話等。疑問型為「습니까？」。

읽습니다 .
意森你打
ik.sseum.ni.da
閱讀。

듣습니다 .
特森你打
deut.sseum.ni.da
聽。

읽습니까 ?
意森你嘎
ik.sseum.ni.ga
閱讀嗎？

듣습니까 ?
特森你嘎
deut.sseum.ni.ga
聽嗎？

 本文語法 4

時間부터　時間까지

從…到…

解説：부터表示某個動作或狀態在時間上的起點；「까지」表示時間
或距離上的終點。「~ 부터 ~ 까지」表示某一時間的範圍。

아침부터 밤까지 일합니다 .
阿親不投 盤嘎幾 衣兒憨你打
a.chim.bu.to*/bam.ga.ji/il.ham.ni.da
從早上工作到晚上。

월요일부터 금요일까지 출근해요 .
我溜衣兒不投 跟謬衣兒嘎幾 粗兒跟黑呦
wo.ryo.il.bu.to*/geu.myo.il.ga.ji/chul.geun.he*.yo
星期一到星期五上班。

오후 두 시부터 네 시까지 공부합니다 .
喔乎 土 西不投 內 西嘎幾 空不憨你打
o.hu/du/si.bu.to*/ne/si.ga.ji/gong.bu.ham.ni.da
下午兩點到四點念書。

밤 아홉 시부터 열 시까지 잡니다 .
盤 阿厚不 西不投 呦兒 西嘎幾 禪你打
bam/a.hop/si.bu.to*/yo*l/si.ga.ji/jam.ni.da
從晚上九點睡到十點。

 本文語法 5

> 時間名詞＋에
> 在某時做…

解說：에接在時間名詞後方，表示「動作發生的時間點」。언제（何時），어제（昨天），오늘（今天），내일（明天）等幾個時間名詞後方，不需接에。

주말에 쉽니다 .
租嗎累 勳你打
ju.ma.re/swim.ni.da
週末休息。

아침에 운동합니다 .
阿妻妹 温東憨你打
a.chi.me/un.dong.ham.ni.da
早上運動。

저녁 다섯 시에 퇴근합니다 .
醜妞 他蒐 西耶 推跟憨你打
jo*.nyo*k/da.so*t/si.e/twe.geun.ham.ni.da
晚上五點下班。

몇 시에 잡니까 ?
謬 西耶 禪你嘎
myo*t/si.e/jam.ni.ga
你幾點睡覺？

 本文語法 6

○시○분○초
~點~分~秒

**解說：韓語時間的念法是「幾點」使用純韓文數字；「幾分、幾秒」
使用漢字音數字。**

오후 네 시 .
歐乎 內 西
o.hu/ne/si
下午四點。

아침 일곱 시 삼십분 .
阿親 衣兒狗 西 三系步恩
a.chim/il.gop/si/sam.sip.bun
早上七點三十分。

저녁 다섯 시 이십오분 팔초 .
醜妞 他鬼 西 衣西潑不恩 怕兒臭
jo*.nyo*k/da.so*t/si/i.si.bo.bun/pal.cho
傍晚五點二十五分八秒。

내일 밤 열 시 사십분 삼십이초 .
內衣兒 盤 呦兒 西 撒系不恩 三恩西逼臭
ne*.il/bam/yo*l/si/sa.sip.bun/sam.si.bi.cho
明天晚上十點四十分三十二秒。

 句型練習

지금은 세 시 오분입니다 .
七跟悶 誰 西 歐不您你打
ji.geu.meun/se/si/o.bu.nim.ni.da
現在三點五分。

지금은 다섯 시 십오분이에요 .
七跟悶 他蒐 西 西波不你耶呦
ji.geu.meun/da.so*t/si/si.bo.bu.ni.e.yo
現在五點十五分。

지금 아침 일곱 시반입니다 .
七跟 阿親 衣狗不 西盤影你打
ji.geum/a.chim/il.gop/si.ba.nim.ni.da
現在早上七點半。

지금 저녁 여섯 시 칠분이에요 .
七跟 醜妞 呦搜 西 七兒不你耶呦
ji.geum/jo*.nyo*k/yo*.so*t/si/chil.bu.ni.e.yo
現在晚上六點七分。

한국은 지금 몇 시입니까 ?
憨古跟 七跟 謬 西影你嘎
han.gu.geun/ji.geum/myo*t/si.im.ni.ga
韓國現在幾點？

대만은 지금 밤 아홉 시 이십팔분이에요 .
貼蠻能 七跟 旁 阿齁不 西 衣系怕兒不你耶呦
de*.ma.neun/ji.geum/bam/a.hop/si/i.sip.pal.bu.ni.e.yo
台灣現在晚上九點二十八分。

오늘은 수요일입니다.
歐呢冷 酥呦衣領你打
o.neu.reun/su.yo.i.rim.ni.da
今天星期三。

내일은 목요일이에요.
內衣冷 摸個呦衣里耶呦
ne*.i.reun/mo.gyo.i.ri.e.yo
明天星期四。

모레는 금요일이 아니에요.
摸累能 科謬衣里 阿你耶呦
mo.re.neun/geu.myo.i.ri/a.ni.e.yo
後天不是星期五。

오늘 무슨 요일이에요?
歐呢 木森 呦衣里耶呦
o.neul/mu.seun/yo.l.ri.e.yo
今天星期幾?

매일 몇 시에 일어납니까?
妹衣兒 謬西Ａ衣囉南你嘎
me*.il/myo*t/si.e/i.ro*.nam.ni.ga
你每天幾點起床?

매일 아침 여덟 시에 일어납니다.
妹衣兒 阿親 呦都兒 西Ａ衣囉南你打
me*.il/a.chim/yo*.do*l/si.e/i.ro*.nam.ni.da
我每天早上八點起床。

몇 시부터 몇 시까지 일합니까 ?
謬 西不投 謬 西嘎幾 衣兒憨你嘎
myo*t/si.bu.to*/myo*t/si.ga.ji/il.ham.ni.ga
你從幾點工作到幾點 ?

오전 아홉 시부터 저녁 다섯 시까지 일합니다 .
喔總 阿厚不 西不投 醜妞 他蒐特 西嘎幾 衣兒憨你打
o.jo*n/a.hop/si.bu.to*/jo*.nyo*k/da.so*t/si.ga.ji/il.ham.ni.
da
我從上午九點工作到晚上五點。

박물관은 몇 시부터 몇 시까지예요 ?
旁木兒館能 謬 西不投 謬西嘎幾耶呦
bang.mul.gwa.neun/myo*t/si.bu.to*/myo*t/si.ga.ji.ye.yo
博物館是從幾點營業到幾點 ?

저는 매일 공부합니다 .
醜能 妹衣兒 空鋪憨你打
jo*.neun/me*.il/gong.bu.ham.ni.da
我每天念書。

주말에도 출근합니까 ?
租媽累豆 粗兒跟憨你嘎
ju.ma.re.do/chul.geun.ham.ni.ga
你週末也上班嗎 ?

아니요 . 주말에 쉽니다 .
阿你呦 租媽累 噓恩你打
a.ni.yo//ju.ma.re/swim.ni.da
不，我週末休息。

 會話練習 1 ─ 詢問圖書館的利用時間

A：도서관은 몇 시부터 몇 시까지입니까？
投搜管能 謬 西步投 謬 西嘎幾影你嘎
do.so*.gwa.neun/myo*t/si.bu.to*/myo*t/si.ga.ji.im.ni.ga

B：오전 열 시부터 저녁 일곱 시까지입니다 .
歐總 呦兒 西不投 醜妞 衣兒狗不 西嘎幾影你打
o.jo*n/yo*l/si.bu.to*/jo*.nyo*k/il.gop/si.ga.ji.im.ni.da

A：휴관일은 무슨 요일입니까？
呵U管衣冷 木神 呦衣領你嘎
hyu.gwa.ni.reun/mu.seun/yo.i.rim.ni.ga

B：휴관일은 월요일입니다 .
呵U管你冷 我六衣領你打
hyu.gwa.ni.reun/wo.ryo.i.rim.ni.da

 中譯 1

A：圖書館是從幾點到幾點？
B：從上午十點到晚上七點。
A：休館日是星期幾？
B：休館日是星期一。

 會話練習 2 － 詢問開會時間

A：오늘 회의가 몇 시부터입니까 ?
喔呢 灰衣嘎 謬 西不投影你嘎
o.neul/hwe.ui.ga/myo*t/si.bu.to*.im.ni.ga

B：오후 두 시부터입니다 .
歐乎 禿 西不投影你打
o.hu/du/si.bu.to*.im.ni.da

A：그럼 몇 시에 퇴근합니까 ?
可龍恩 謬 西A 推跟憨你嘎
geu.ro*m/myo*t/si.e/twe.geun.ham.ni.ga

B：저녁 여섯 시반에 퇴근합니다 .
醜妞 呦搜特 西怕內 推跟憨你打
jo*.nyo*k/yo*.so*t/si.ba.ne/twe.geun.ham.ni.da

A：주말은 쉽니까 ?
租媽冷 燻你嘎
ju.ma.reun/swim.ni.ga

 中譯 2

> A：今天的會議是幾點開始 ?
> B：下午兩點開始。
> A：那幾點下班 ?
> B：晚上六點半下班。
> A：週末休息嗎 ?

 會話練習 3 ─ 詢問運動會的舉辦時間

A：운동회가 언제입니까?
溫東灰嘎 翁賊影你嘎
un.dong.hwe.ga/o*n.je.im.ni.ga

B：이번 주 토요일입니다.
衣崩 租 偷呦衣領你打
i.bo*n/ju/to.yo.i.rim.ni.da

A：몇 시부터입니까?
謬 西不投影你嘎
myo*t/si.bu.to*.im.ni.ga

B：아침 여덟 시부터입니다.
阿親恩 呦豆兒 西不投影你打
a.chim/yo*.do*l/si.bu.to*.im.ni.da

A：미연 씨도 같이 갑니까?
咪庸 系豆 卡器 砍你嘎
mi.yo*n/ssi.do/ga.chi/gam.ni.ga

 中譯 3

A：運動會是什麼時候?
B：是這週六。
A：幾點開始?
B：早上八點開始。
A：美妍你也會一起去嗎?

隨堂測驗

1. 連續劇是從晚上八點播到九點。
→ _____ .

2. 每天上班。
→ _____ .

3. 明天不是星期日。
→ _____ .

4. 晚上睡覺。
→ _____ .

5. 中午看書。
→ _____ .

6. 什麼時候去？
→ _____ ?

單字參考

드라마	連續劇
特拉馬	deu.ra.ma

자다	睡覺
差打	ja.da

菜韓文
基礎實用篇

第 5 課

백화점에 가요 ?
去百貨公司嗎？

 **本文單字**

백화점　百貨公司
配誇總恩　be*.kwa.jo*m

슈퍼마켓　超市
思U潑嗎K特　syu.po*.ma.ket

교회　教會
可呦灰　gyo.hwe

은행　銀行
恩黑恩　eun.he*ng

서점　書局
搜走恩　so*.jo*m

공항　機場
空夯　gong.hang

바다　大海、海邊
怕打　ba.da

해외　海外、國外
黑尾　he*.we

서울　　首爾（地名）
搜烏兒　so*.ul

부산　　釜山（地名）
鋪三恩　bu.san

기차　　火車
可衣擦　gi.cha

버스　　公車
波思　　bo*.seu

택시　　計程車
貼西　　te*k.ssi

자동차　汽車
差東擦　ja.dong.cha

지하철　　地鐵
七哈湊兒　ji.ha.cho*l

자전거　　腳踏車
差總狗　　ja.jo*n.go*

비행기　　飛機
匹黑恩個衣　bi.he*ng.gi

친구　　朋友
親古　　chin.gu

남자친구　　男朋友
男渣親古　　nam.ja.chin.gu

여자친구　　女朋友
呦渣親古　　yo*.ja.chin.gu

아버지　　爸爸
阿波幾　　a.bo*.ji

어머니　　媽媽
喔摸你　　o*.mo*.ni

부모님　　爸媽、父母親
鋪摸您恩　　bu.mo.nim

형　　　哥哥 (弟弟稱呼哥哥時)
喝呦恩　　hyo*ng

누나　　姊姊 (弟弟稱呼姊姊時)
努那　　nu.na

지난 주　　上週
七男租　　ji.nan/ju

菜韓文
基礎實用篇

다음 주　下週
它恩 組　　da.eum/ju

지난 달　上個月
七男 打兒　ji.nan/dal

이번 달　這個月
衣崩 打兒　i.bo*n/dal

다음 달　下個月
他恩 打兒　da.eum/dal

올해　　今年
喔兒黑　　ol.he*

내년　　明年
內妞恩　　ne*.nyo*n

교통　　交通
可呦通　　gyo.tong

오다　　來
毆打　　o.da

돌아가다　　回去
投拉卡打　　do.ra.ga.da

ㅏ, ㅗ語幹＋아요.
非格式體尊敬型終結語尾

解說：接在動詞或形容詞語幹後方，語幹母音是「ㅏ或ㅗ」時，接아요。為韓國人日常生活中最常用的尊敬形態。如果當疑問句使用，句尾音調上揚。

공포 영화를 봐요？ (보다＋아요)
空撥 傭花惹 怕呦
gong.po/yo*ng.hwa.reul/bwa.yo
看恐怖片嗎？

남자친구를 만나요. (만나다＋아요)
男渣親古惹 蠻那呦
nam.ja.chin.gu.reul/man.na.yo
見男朋友。

수업이 끝나요. (끝나다＋아요)
酥喔逼 跟那呦
su.o*.bi/geun.na.yo
課程結束／下課。

친구가 자요？ (자다＋아요)
親估嘎 查呦
chin.gu.ga/ja.yo
朋友睡覺嗎？

本文語法 2

非ㅏ , ㅗ語幹＋어요
非格式體尊敬型終結語尾

解説：接在動詞或形容詞語幹後方，語幹母音不是「ㅏ或ㅗ」時，接
어요。

토끼가 뛰어요 . (뛰다＋어요)
透個衣嘎 推喔呦
to.gi.ga/dwi.o*.yo
兔子跳。

동생이 웃어요 . (웃다＋어요)
童先衣 烏搜呦
dong.se*ng.i/u.so*.yo
弟弟笑。

오늘은 쉬어요？ (쉬다＋어요)
歐呢冷 噓喔呦
o.neu.reun/swi.o*.yo
今天休息嗎？

언제 먹어요？ (먹다＋어요)
翁賊 摸狗呦
o*n.je/mo*.go*.yo
什麼時候吃？

백화점에 가요?
第5課 去百貨公司嗎？

99

 **本文語法 3**

> # 하다語幹＋여요→해요
> ## 非格式體尊敬型終結語尾

解說：如果動詞或形容詞的語幹是하다，就接「여요」，兩者會結合成「해요」的型態。

부모님이 건강해요 .
鋪摸你咪 恐剛黑呦
bu.mo.ni.mi/go*n.gang.he*.yo
爸媽健康。

형이 운전해요 ?
呵呦衣 溫總黑呦
hyo*ng.i/un.jo*n.he*.yo
哥哥開車嗎？

누나가 운동해요 .
努那嘎 溫東黑呦
nu.na.ga/un.dong.he*.yo
姊姊運動。

교통이 복잡해요 .
可呦通衣 波渣配呦
gyo.tong.i/bok.jja.pe*.yo
交通複雜。

 本文語法 4

地點名詞＋에 가다
去某地

解説：「에」接在地點名詞後方，表示「方向／目的地」。

은행에 가요 .
恩黑恩 A 卡呦
eun.he*ng.e/ga.yo
去銀行。

공항에 가요 ?
空夯 A 卡呦
gong.hang.e/ga.yo
去機場嗎？

교회에 갑니까 ?
可呦灰 A 砍你嘎
gyo.hwe.e/gam.ni.ga
去教會？

서점에 갑니다 .
搜宗妹 砍你打
so*.jo*.me/gam.ni.da
去書局。

本文語法 5

> ## 地點＋에 오다
> ## 來某地

解說：「에」接在地點名詞後方，表示「方向／目的地」。

여기에 와요 .
呦個衣 A 哇呦
yo*.gi.e/wa.yo
來這裡。

사무실에 와요 ?
沙木西內 哇呦
sa.mu.si.re/wa.yo
你來辦公室嗎？

집에 옵니까 ?
己背 翁你嘎
ji.be/om.ni.ga
來家裡嗎？

친구가 타이페이에 옵니다 .
親古嘎 他衣配衣 A 翁你打
chin.gu.ga/ta.i.pe.i.e/om.ni.da
朋友來台北。

 本文語法 6

> 交通工具＋(으)로
> 搭乘…

解說：接在表示交通工具的名詞之後，表示「交通手段」。

버스로 여기에 와요.
波思囉 呦可衣 A 哇呦
bo*.seu.ro/yo*.gi.e/wa.yo
搭公車來這裡。

기차로 할머니 집에 가요.
可衣擦囉 哈兒摸你 己杯 卡呦
gi.cha.ro/hal.mo*.ni/ji.be/ga.yo
搭火車去奶奶家。

KTX 로 부산에 가요.
KTX 囉 鋪山內 卡呦
KTX.ro/bu.sa.ne/ga.yo
搭 KTX 去釜山。

오토바이로 출근합니다.
歐透爸衣囉 粗兒跟憨你打
o.to.ba.i.ro/chul.geun.ham.ni.da
騎機車上班。

 本文語法 7

名詞＋하고 名詞
…和…

解說：하고是連接助詞，用來連接兩個名詞，意思是「和／跟」。

여자하고 남자 .
呦渣哈溝 男渣
yo*.ja.ha.go/nam.ja
女生和男生。

선생님하고 학생 .
松先寧哈溝 哈先恩
so*n.se*ng.nim.ha.go/hak.sse*ng
老師和學生。

고기하고 야채
口個衣哈溝 呀翠
go.gi.ha.go/ya.che*
肉和蔬菜。

아버지하고 같이 집에 가요 .
阿波己哈溝 卡器 己杯 卡呦
a.bo*.ji.ha.go/ga.chi/ji.be/ga.yo
跟爸爸一起回家。

 句型練習

서울에 가요 .
搜烏類 卡呦
so*.u.re/ga.yo
去首爾。

동생이 부산에 갑니다 .
同先衣 鋪山內 砍你打
dong.se*ng.i/bu.sa.ne/gam.ni.da
弟弟去釜山。

학생이 교실에 와요 .
哈先衣 可呦西累 哇呦
hak.sse*ng.i/gyo.si.re/wa.yo
學生來教室。

오늘 교회에 가요 .
喔呢 可呦灰 A 卡呦
o.neul/gyo.hwe.e/ga.yo
今天上教會。

저녁 일곱 시에 집에 돌아가요 .
醜妞 衣兒狗 西 A 己杯 投拉卡呦
jo*.nyo*k/il.gop/si.e/ji.be/do.ra.ga.yo
晚上七點回家。

이월구일에 바다에 갑니까 ?
衣我兒古衣勒 怕打 A 砍你嘎
i.wol.gu.i.re/ba.da.e/gam.ni.ga
你 2 月 9 日去海邊嗎 ?

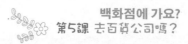

버스로 학교에 가요 .
波思囉 哈個呦 A 卡呦
bo*.seu.ro/hak.gyo.e/ga.yo
搭公車去學校。

지하철로 회사에 갑니다 .
妻哈醜兒囉 灰沙 A 砍你打
ji.ha.cho*l.lo/hwe.sa.e/gam.ni.da
搭地鐵去上班。

택시로 공항에 가요 ?
貼西囉 空夯 A 卡呦
te*k.ssi.ro/gong.hang.e/ga.yo
你搭計程車去機場嗎?

배로 오키나와에 와요 .
陪囉 歐 ki 那哇 A 哇呦
be*.ro/o.ki.na.wa.e/wa.yo
搭船來沖繩。

자전거로 공원에 와요 .
差總狗囉 空我內 哇呦
ja.jo*n.go*.ro/gong.wo.ne/wa.yo
騎腳踏車來公園。

비행기로 해외에 갑니다 .
匹黑恩 gi 囉 黑威 A 砍你打
bi.he*ng.gi.ro/he*.we.e/gam.ni.da
搭飛機去國外。

내일 어디에 가요?
內衣兒 喔低 A 卡呦
ne*.il/o*.di.e/ga.yo
明天去哪裡？

내일 은행에 가요.
內衣兒 恩黑恩 A 卡呦
ne*.il/eun.he*ng.e/ga.yo
明天去銀行。

언제 한국에 와요?
翁賊 憨估給 哇呦
o*n.je/han.gu.ge/wa.yo
你什麼時候來韓國？

내년 시월에 한국에 가요.
內妞恩 西我累 憨估給 卡呦
ne*.nyo*n/si.wo.re/han.gu.ge/ga.yo
明年十月去韓國。

누구하고 슈퍼마켓에 갑니까?
努古哈溝 休潑媽給誰 砍你嘎
nu.gu.ha.go/syu.po*.ma.ke.se/gam.ni.ga
跟誰去超市呢？

누나하고 슈퍼마켓에 갑니다.
努那哈溝 休潑媽給誰 砍你打
nu.na.ha.go/syu.po*.ma.ke.se/gam.ni.da
跟姊姊去超市。

會話練習 1 ―詢問旅遊的出發日期

A：나는 한국에 가요 .
那能 憨古給 卡呦
na.neun/han.gu.ge/ga.yo

B：언제 가요 ?
翁賊 卡呦
o*n.je/ga.yo

A：다음 달 십사일에 가요 .
他恩 打兒 西不沙衣累 卡呦
da.eum/dal/ssip.ssa.i.re/ga.yo

B：누구하고 같이 가요 ?
努古哈溝 卡器 卡呦
nu.gu.ha.go/ga.chi/ga.yo

A：여자친구하고 같이 가요 .
呦渣親古哈溝 卡器 卡呦
yo*.ja.chin.gu.ha.go/ga.chi/ga.yo

中譯 1

A：我要去韓國。
B：什麼時候去？
A：下個月十四號去。
B：跟誰一起去？
A：跟女朋友一起去。

會話練習 2 ─詢問幾點出發、搭什麼交通工具

A：오후에 어디에 가요 ?
歐乎 A 喔低 A 卡呦
o.hu.e/o*.di.e/ga.yo

B：친구 집에 가요 .
親估 幾杯 卡呦
chin.gu/ji.be/ga.yo

A：몇 시에 가요 ?
謬 西 A 卡呦
myo*t/si.e/ga.yo

B：오후 한 시에 가요 .
歐乎 憨 西 A 卡呦
o.hu/han/si.e/ga.yo

A：무엇을 타고 가요 ?
木喔奢 他溝 卡呦
mu.o*.seul/ta.go/ga.yo

 中譯 2

A：下午你要去哪裡 ? B：去朋友家。 A：幾點要去 ? B：下午一點去。 A：搭什麼車去 ?

隨堂測驗

1. 你什麼時候去美國？
→ _____?

2. 10 月 20 日回台灣。
→ _____.

3. 我的生日是 7 月 4 日。
→ _____.

4. 跟媽媽一起去百貨公司。
→ _____.

5. 搭火車回故鄉。
→ _____.

6. 今天是 2014 年 12 月 18 日。
→ _____.

 單字參考

미국	美國
米古	mi.guk

고향	故鄉
口想	go.hyang

菜韓文
基礎實用篇

第 6 課

같이 식당에 갈까요?
要不要一起去餐館？

TRACK 083

本文單字

가게　商店
卡給　ga.ge

레스토랑　餐廳
類思頭狼　re.seu.to.rang

숙제　作業
速賊　suk.jje

운동　運動
温東恩　un.dong

영화　電影
庸花　yo*ng.hwa

사진　照片
撒金恩　sa.jin

소설책　小説
搜搜兒雌耶　so.so*l.che*k

농구　籃球
農恩古　nong.gu

야구　棒球
呀古　ya.gu

빵　麵包
棒恩　bang

우유　牛奶
烏U　u.yu

야채　蔬菜
呀雌耶　ya.che*

고기　肉
口個衣　go.gi

주스　果汁
組思　ju.seu

밥　飯
怕不　bap

국수　麵
苦蘇　guk.ssu

비빔밥　拌飯
匹賓爸不　bi.bim.bap

먹다　吃
摸打　mo*k.da

마시다　喝
媽西打　ma.si.da

보다　看
撥打　bo.da

하다　做
哈打　ha.da

사다　買
撒打　sa.da

찍다　拍（照）
寄打　jjik.da

만나다　見面
蠻那打　man.na.da

좀　稍微、一點
綜恩　jom

좋아요.　好啊、可以
醜阿呦　jo.a.yo

 本文語法 1

名詞을 / 를＋他動詞
目地語＋他動詞

解説：「他動詞」指動詞前方要加上表示動作對象的受詞（名詞）。
該受詞後方要接受格助詞「을 / 를」。有尾音的名詞接「을」；無尾
音的名詞接「를」。

사진을 찍어요 .
沙金呢 雞狗呦
sa.ji.neul/jji.go*.yo
拍照片。

소설책을 읽어요 .
搜搜兒猜哥 衣兒狗呦
so.so*l.che*.geul/il.go*.yo
閱讀小説。

우유를 마십니다 .
烏 U 惹 媽新你打
u.yu.reul/ma.sim.ni.da
喝牛奶。

고기를 사요 .
口個衣惹 沙呦
go.gi.reul/ssa.yo
買肉。

 本文語法 2

地點名詞＋에서
在某地做…

解説：에서接在地點名詞後方，表示「動作發生的地點」。

공원에서 운동을 해요 .
空我內搜 温東兒 黑呦
gong.wo.ne.so*/un.dong.eul/he*.yo
在公園運動。

집에서 드라마를 봐요 .
幾杯搜 特拉馬惹 怕呦
ji.be.so*/deu.ra.ma.reul/bwa.yo
在家看連續劇。

마트에서 야채를 사요 .
媽特 A 搜 押翠惹 沙呦
ma.teu.e.so*/ya.che*.reul/ssa.yo
在超市買蔬菜。

레스토랑에서 저녁을 먹어요 .
累思投郎 A 搜 醜妞哥 摸狗呦
re.seu.to.rang.e.so*/jo*.nyo*.geul/mo*.go*.yo
在西餐廳吃晚餐。

 本文語法 3

> 動詞＋（으）ㄹ까요？
> 要不要⋯？

解說：用來提議或詢問對方的意見，也表示說話者向聽話者提議要不要一起去做某事。

이제 출발할까요？
衣賊 粗爸兒哈兒嘎呦
i.je/chul.bal.hal.ga.yo
要不要現在出發？

축구를 할까요？
粗古惹 哈兒嘎呦
chuk.gu.reul/hal.ga.yo
要不要踢足球？

피자를 먹을까요？
匹渣惹 摸哥兒嘎呦
pi.ja.reul/mo*.geul.ga.yo
要不要吃披薩？

미술관에 갈까요？
咪酥兒館內 卡兒嘎呦
mi.sul.gwa.ne/gal.ga.yo
要不要去美術館？

 本文語法 4

動詞語幹＋ (으) ㅂ시다 .

（我們）…吧。

解說：為勸誘型終結語尾，表示向對方提出建議或邀請他人一起做某事。語幹有尾音接「읍시다」；語幹沒有尾音接「ㅂ시다」。

녹차를 마십시다 .
no 茶惹 媽西不西打
nok.cha.reul/ma.sip.ssi.da
我們喝綠茶吧。

빨리 잡시다 .
爸兒里 渣不西打
bal.li/jap.ssi.da
我們趕快睡覺吧。

밥을 먹읍시다 .
怕波 摸哥不西打
ba.beul/mo*.geup.ssi.da
我們吃飯吧。

일합시다 .
衣兒哈西打
il.hap.ssi.da
我們工作吧。

本文語法 5

안＋動詞、形容詞
不…

解説：안為副詞，放在動詞或形容詞前方，用來否定動作或狀態。

공항에 안 가요 .

空夯 A 安 卡呦

gong.hang.e/an/ga.yo

不去機場。

그것을 안 사요 .

可狗奢 安 撒呦

geu.go*.seul/an/sa.yo

不買那個。

한국어가 안 어렵습니다 .

憨估狗嘎 安 喔六森你打

han.gu.go*.ga/an/o*.ryo*p.sseum.ni.da

韓語不難。

그 여자는 안 예쁩니다 .

可 呦渣能 安 耶奔你打

geu/yo*.ja.neun/an/ye.beum.ni.da

那個女生不漂亮。

 本文語法 6

語幹＋지 않다
不…

解說：接在動詞或形容詞語幹後方，用來否定動作或狀態。

병원에 가지 않아요 .
匹呦嗯我內 卡基 阿那呦
byo*ng.wo.ne/ga.ji/a.na.yo
不去醫院。

주스를 마시지 않아요 .
租思惹 媽西己 阿那呦
ju.seu.reul/ma.si.ji/a.na.yo
不喝果汁。

인형이 귀엽지 않습니다 .
銀呵呦衣 傀呦不幾 安森你打
in.hyo*ng.i/gwi.yo*p.jji/an.sseum.ni.da
娃娃不可愛。

사람이 많지 않습니다 .
沙拉咪 蠻七 安森你打
sa.ra.mi/man.chi/an.sseum.ni.da
人不多。

 句型練習

밥을 먹어요 .
怕波 摸狗呦
ba.beul/mo*.go*.yo
吃飯。

사과주스를 마십니다 .
沙瓜租思惹 媽新你打
sa.gwa.ju.seu.reul/ma.sim.ni.da
喝蘋果汁。

서점에서 소설책을 사요 .
搜總妹搜 搜搜兒雌耶哥 沙呦
so*.jo*.me.so*/so.so*l.che*.geul/ssa.yo
在書局買小説。

같이 공부할까요 ?
卡器 空撲哈兒嘎呦
ga.chi/gong.bu.hal.ga.yo
要一起念書嗎？

좀 쉽시다 .
綜 噓不西打
jom/swip.ssi.da
我們休息一下吧。

사진을 찍읍시다 .
沙金呢 寄哥步西打
sa.ji.neul/jji.geup.ssi.da
我們拍照吧。

아침을 안 먹어요 .
阿妻悶 安 摸狗呦
a.chi.meul/an/mo*.go*.yo
不吃早餐。

커피를 안 마셔요 .
摳匹惹 安 媽休呦
ko*.pi.reul/an/ma.syo*.yo
不喝咖啡。

숙제를 안 해요 .
速賊惹 安 黑呦
suk.jje.reul/an/he*.yo
不寫作業。

담배를 피우지 않아요 .
彈被惹 匹烏幾 阿那呦
dam.be*.reul/pi.u.ji/a.na.yo
不抽菸。

운동을 하지 않아요 .
溫東兒 哈雞 阿那呦
un.dong.eul/ha.ji/a.na.yo
不運動。

야채를 사지 않아요 .
押翠惹 沙雞 阿那呦
ya.che*.reul/ssa.ji/a.na.yo
不買蔬菜。

무엇을 먹습니까 ?
木喔奢 摸森你打
mu.o*.seul/mo*k.sseum.ni.ga
吃什麼？

국수를 먹습니다 .
苦酥惹 摸森你打
guk.ssu.reul/mo*k.sseum.ni.da
吃麵。

옷가게에서 무엇을 사요 ?
歐卡給 A 搜 木喔奢 沙呦
ot.ga.ge.e.so*/mu.o*.seul/ssa.yo
在服飾店買什麼？

외투를 사요 .
威吐惹 沙呦
we.tu.reul/ssa.yo
買外套。

같이 농구를 할까요 ?
卡器 農古惹 哈兒嘎呦
ga.chi/nong.gu.reul/hal.ga.yo
要一起打籃球嗎？

네 , 농구를 합시다 .
內 農古惹 哈不西打
ne//nong.gu.reul/hap.ssi.da
好，一起打籃球吧。

會話練習 1 －邀請他人一同看電影

A：내일 같이 영화를 볼까요?
內衣兒 卡器 庸花惹 波兒嘎呦
ne*.il/ga.chi/yo*ng.hwa.reul/bol.ga.yo

B：좋아요 . 같이 봅시다 .
醜阿呦 卡器 波不西打
jo.a.yo//ga.chi/bop.ssi.da

A：우리 몇 시에 만날까요?
烏里 謬 西 A 蠻那兒嘎呦
u.ri/myo*t/si.e/man.nal.ga.yo

B：오후 두 시 , 어때요?
歐乎 禿 西 喔貼呦
o.hu/du/si//o*.de*.yo

A：네 , 그럼 두 시에 영화관에서 만나요 .
內 可龍嗯 禿 西 A 庸花館內蒐 蠻那呦
ne//geu.ro*m/du/si.e/yo*ng.hwa.gwa.ne.so*/man.
na.yo

中譯 1

A：明天一起看電影好嗎？
B：好啊！一起看電影吧。
A：我們幾點見面呢？
B：下午兩點如何？
A：好，那我們兩點在電影院見。

會話練習 2 一討論午餐要吃什麼

A：점심 시간이네요 .
寵新 西乾你內呦
jo*m.sim/si.ga.ni.ne.yo

B：무엇을 먹을까요 ?
目喔奢 摸哥嘎呦
mu.o*.seul/mo*.geul.ga.yo

A：비빔밥을 먹읍시다 .
匹拼爸波 末哥西打
bi.bip.ba.beul/mo*.geup.ssi.da

B：나는 비빔밥을 안 먹어요 .
那能 匹冰爸波 安 摸溝呦
na.neun/bi.bip.ba.beul/an/mo*.go*.yo

A：그럼 냉면은 어때요 ?
可龍 累謬能 喔貼呦
geu.ro*m/ne*ng.myo*.neun/o*.de*.yo

 中譯 2

A：已經是午餐時間了呢！
B：要吃什麼呢？
A：我們吃拌飯吧。
B：我不吃拌飯。
A：那吃冷麵，好嗎？

1. 在圖書館念書。

→ _____ .

2. 在百貨公司買化妝品。

→ _____ .

3. 不喝酒。

→ _____ .

4. 不吃麵包。

→ _____ .

5. 要不要喝綠茶？

→ _____ ?

6. 一起打棒球吧。

→ _____ .

單字參考

술　　酒
酥兒　　sul

야구를 하다　　打棒球
呀古惹 哈打　　ya.gu.reul/ha.da

第 7 課

친구에게 선물을 줍니다.
送朋友禮物。

本文單字

가구점	家具店
卡估總嗯	ga.gu.jo*m

소파	沙發
搜怕	so.pa

음악	音樂
嗯阿	eu.mak

교과서	教科書
可呦誇搜	gyo.gwa.so*

남편	丈夫、老公
男匹呦嗯	nam.pyo*n

글씨	字
可兒系	geul.ssi

지우개	橡皮擦
七烏給	ji.u.ge*

냄비	鍋子
累嗯逼	ne*m.bi

현금　　　現金
呵呦跟嗯　　hyo*n.geum

신용카드　　信用卡
新庸卡特　　si.nyong.ka.deu

기분　　　心情
可衣不恩　　gi.bun

작년　　　去年
藏妞　　jang.nyo*n

소식　　消息
搜系　　so.sik

토산물　　土產
透山目兒　　to.san.mul

물건　　　東西
目兒拱恩　　mul.go*n

피아노　　鋼琴
匹阿樓　　pi.a.no

날씬하다　　苗條
那兒新哈打　　nal.ssin.ha.da

어떻게　如何、怎麼樣
喔豆K　o*.do*.ke

아직　尚未、還
阿寄　a.jik

열심히　認真地
呦兒心咪　yo*l.sim.hi

말하다　說、說話
媽兒哈打　mal.ha.da

받다　收、拿
怕打　bat.da

주다　給、送
組打　ju.da

전화하다　打電話
蟲花哈打　jo*n.hwa.ha.da

지불하다　支付、付款
七部兒哈打　ji.bul.ha.da

쓰다　寫
思打　sseu.da

배우다　學習
陪烏打　be*.u.da

지우다　擦掉、抹掉、去除
七烏打　ji.u.da

고장나다　故障
口髒那打　go.jang.na.da

입다　穿
衣步打　ip.da

가르치다　教導、指導
卡了七打　ga.reu.chi.da

전하다　轉交、傳遞
重哈打　jo*n.ha.da

끓이다　煮、熬
哥里打　geu.ri.da

그림을 그리다　畫圖
可裡悶 可裡打　geu.ri.meul/geu.ri.da

눈이 오다　下雪
努你 毆打　nu.ni/o.da

 **本文語法 1**

語幹母音是 ㅏ、ㅗ＋았
過去型先行語尾

解說：接在語幹的母音是 ㅏ 或 ㅗ 的動詞、形容詞後方，表示過去的動作或狀態。過去式「았」後方，再接終結語尾「어요」、「습니다」。

어제 밤에 눈이 왔어요 . (오다 + 았 = 왔다)
喔賊 怕妹 努你 哇搜呦
o*.je/ba.me/nu.ni/wa.sso*.yo
昨天晚上下雪了。

한국 영화를 봤어요 . (보다 + 았 = 보았다 = 봤다)
憨估 庸花惹 怕搜呦
han.guk/yo*ng.hwa.reul/bwa.sso*.yo
看了韓國電影。

오늘 기분이 좋았어요 . (좋다 + 았 = 좋았다)
歐呢 可衣步你 醜阿搜呦
o.neul/gi.bu.ni/jo.a.sso*.yo
今天心情很好。

컴퓨터가 고장났습니다 . (고장나다 + 았 = 고장났다)
恐噴U投嘎 口髒那森你打
ko*m.pyu.to*.ga/go.jang.nat.sseum.ni.da
電腦故障了。

 本文語法 2

語幹母音非ㅏ、ㅗ＋었
過去型先行語尾

解説：接在語幹的母音不是ㅏ或ㅗ的動詞、形容詞後方，表示過去的
動作或狀態。

불고기가 맛없었어요 . (맛없다 + 었 = 맛없었다)
鋪兒溝 gi 嘎 媽豆蒐蒐呦
bul.go.gi.ga/ma.do*p.sso*.sso*.yo
烤肉不好吃。

티셔츠를 입었어요 . (입다 + 었 = 입었다)
踢休資惹 衣波蒐呦
ti.syo*.cheu.reul/i.bo*.sso*.yo
穿了 T 恤。

홍차를 마셨어요 . (마시다 + 었 = 마셨다)
烘桼惹 媽休兒呦
hong.cha.reul/ma.syo*.sso*.yo
喝了紅茶。

떡볶이를 먹었습니까 ? (먹다 + 었 = 먹었다)
豆剝 gi 惹 摸狗參你嘎
do*k.bo.gi.reul/mo*.go*t.sseum.ni.ga
你吃了辣炒年糕嗎？

本文語法 3

하다類語幹＋였＝했
過去型先行語尾

解説：接在語幹是하다的動詞、形容詞後方，表示過去的動作或狀態。하和였會結合成「했」的型態。

어제 날씨가 따뜻했어요 .

喔賊 那兒系嘎 搭的貼蒐呦

o*.je/nal.ssi.ga/da.deu.te*.sso*.yo

昨天天氣很溫暖。

언니는 예전에 날씬했어요 .

翁你能 耶總內 那兒新黑蒐呦

o*n.ni.neun/ye.jo*.ne/nal.ssin.he*.sso*.yo

姊姊（以前）很苗條。

열심히 공부했습니까 ?

呦兒西咪 空舖黑森你嘎

yo*l.sim.hi/gong.bu.he*t.sseum.ni.ga

你有認真念書嗎？

작년에 결혼했습니다 .

藏妞內 可呦龍黑森你打

jang.nyo*.ne/gyo*l.hon.he*t.sseum.ni.da

我去年結婚了。

 本文語法 4

名詞＋한테 / 에게

給…／向…

解說：表示行為的歸著點，接在表示人或動物的有情名詞後方。한테
和에게意思一樣，可互換使用。

후배한테 영어를 가르쳐요 .
乎杯憨貼 庸喔惹 卡了秋呦
hu.be*.han.te/yo*ng.o*.reul/ga.reu.cho*.yo
教後輩英文。

민준 씨에게 영화표를 줬어요 .
民尊 系Ａ給 庸花匹呦惹 左蒐呦
min.jun/ssi.e.ge/yo*ng.hwa.pyo.reul/jjwo.sso*.yo
給了敏俊電影票。

친구들에게 물었어요 .
親古的累給 目囉蒐呦
chin.gu.deu.re.ge/mu.ro*.sso*.yo
問了朋友們。

가족들한테 전화를 해요 .
卡奏的憨貼 蟲花惹 黑呦
ga.jok.deul.han.te/jo*n.hwa.reul/he*.yo
打電話給家人們。

친구에게 선물을 줍니다 .
第7課 送朋友禮物。

本文語法 5

名詞＋한테서 / 에게서
從…

**解説：接在表示「人」的名詞後方，表示「出處、起點」。한테서和
에게서意思一樣，可互換使用。**

남편에게서 소식을 들었어요 .
男飄內給蒐 蒐系哥 特囉蒐呦
nam.pyo*.ne.ge.so*/so.si.geul/deu.ro*.sso*.yo
消息從老公那裡聽説了。

고향 친구한테서 편지가 왔어요 .
口香 親估憨貼蒐 匹呦幾嘎 哇蒐呦
go.hyang/chin.gu.han.te.so*/pyo*n.ji.ga/wa.sso*.yo
故鄉的朋友寄信來了。

누나한테서 돈을 빌렸어요 .
努那憨貼蒐 同呢 匹兒溜蒐呦
nu.na.han.te.so*/do.neul/bil.lyo*.sso*.yo
跟姊姊借了錢。

토산물은 누구에게서 받았어요 ?
頭山目冷 努估 A 給蒐 怕打蒐呦
to.san.mu.reun/nu.gu.e.ge.so*/ba.da.sso*.yo
土產是從誰那裡收到的呢？

 本文語法 6

名詞＋께
給…／向…

解説：한테和에게的敬語是「께」。

부모님께 전화를 해요 .
鋪摸您給 蟲花惹 黑呦
bu.mo.nim.ge/jo*n.hwa.reul/he*.yo
打電話給爸媽。

선생님께 꽃을 드려요 .
松先寧給 夠車 特溜呦
so*n.se*ng.nim.ge/go.cheul/deu.ryo*.yo
送老師花。

이것을 부장님께 전해 주세요 .
衣狗奢 鋪髒您給 重內 租誰呦
i.go*.seul/bu.jang.nim.ge/jo*n.he*/ju.se.yo
請把這個交給部長。

물건은 할아버지께 드렸어요 .
目兒狗能 哈拉波幾給 特溜蒐呦
mul.go*.neun/ha.ra.bo*.ji.ge/deu.ryo*.sso*.yo
東西給爺爺了。

친구에게 선물을 줍니다.
第7課 送朋友禮物。

 **本文語法 7**

名詞＋께

從…

解説：한테서和에게서的敬語是「께」。

어머니께 피아노를 배웠어요 .
喔摸你給 匹阿樓惹 陪我蒐呦
o*.mo*.ni.ge/pi.a.no.reul/be*.wo.sso*.yo
從媽媽那裡學了鋼琴。

아버지께 용돈을 받았어요 .
阿波幾給 庸東兒 怕打蒐呦
a.bo*.ji.ge/yong.do.neul/ba.da.sso*.yo
從爸爸那裡拿到零用錢了。

소식은 아빠께 들었어요 .
蒐系跟 阿爸給 特囉蒐呦
so.si.geun/a.ba.ge/deu.ro*.sso*.yo
消息從爸爸那裡聽説了。

교수님께 전화가 왔어요 .
可呦酥您給 蟲花嘎 哇呦蒐
gyo.su.nim.ge/jo*n.hwa.ga/wa.sso*.yo
教授打電話來了。

本文語法 8

工具 + (으) 로
利用…

解說：接在表示工具、物品的名詞之後，表示「使用的工具」。

가위로 종이를 자릅니다 .
卡烏衣囉 寵衣惹 差冷你打
ga.wi.ro/jong.i.reul/jja.reum.ni.da
用剪刀剪紙張。

연필로 글씨를 써요 .
呦匹兒囉 可兒系惹 蒐呦
yo*n.pil.lo/geul.ssi.reul/sso*.yo
用鉛筆寫字。

지우개로 글씨를 지워요 .
七烏給囉 科兒系惹 妻我呦
ji.u.ge*.ro/geul.ssi.reul/jji.wo.yo
用橡皮擦把字擦掉。

냄비로 라면을 끓여요 .
雷逼囉 拉謬呢 哥溜呦
ne*m.bi.ro/ra.myo*.neul/geu.ryo*.yo
用鍋子煮泡麵。

 本文語法 9

一不規則變化

解說：語幹以「一」結束的詞彙，後面接上以母音開頭的語尾時，「一」會脫落。

아프다（痛）＋아요（終結語尾）→아ㅍ＋아요＝아파요.
痛

바쁘다（忙）＋았（過去式）→바쁘＋았＝바빴다.
（過去）忙

고프다（餓）＋아요（終結語尾）→고ㅍ＋아요＝고파요.
餓

예쁘다（漂亮）＋어요（終結語尾）→예쁘＋어요＝예뻐요.
漂亮

크다（大）＋어요（終結語尾）→ㅋ＋어요＝커요.
大

쓰다（寫）＋었（過去式）→ㅆ＋었＝썼다.
寫了

句型練習

저는 대만에서 왔습니다 .
醜能 貼蠻內蒐 哇參你打
jo*.neun/de*.ma.ne.so*/wat.sseum.ni.da
我是從台灣來的。

동준 씨는 한국에서 왔습니까 ?
同尊 系能 憨估給蒐 哇參你嘎
dong.jun/ssi.neun/han.gu.ge.so*/wat.sseum.ni.ga
東俊是從韓國來的嗎？

가구점에서 소파를 샀어요 .
卡估醜妹蒐 蒐怕惹 沙蒐呦
ga.gu.jo*.me.so*/so.pa.reul/ssa.sso*.yo
在家具店買了沙發。

오징어덮밥을 먹었어요 .
歐金喔豆不爸奔 摸狗蒐呦
o.jing.o*.do*p.ba.beul/mo*.go*.sso*.yo
吃了魷魚蓋飯。

아침에 아이스커피를 마셨어요 ?
阿妻妹 阿衣思扣匹惹 媽休蒐呦
a.chi.me/a.i.seu.ko*.pi.reul/ma.syo*.sso*.yo
早上你有喝冰咖啡嗎？

친구가 고향에 갔어요 .
親古嘎 口香 A 卡蒐呦
chin.gu.ga/go.hyang.e/ga.sso*.yo
朋友回故鄉了。

오빠는 돌아오지 않았어요?
歐爸能 頭拉歐雞 阿那蒐呦
o.ba.neun/do.ra.o.ji/a.na.sso*.yo
哥哥沒有回來嗎？

음악을 안 들었어요?
恩罵哥 安 特囉蒐呦
eu.ma.geul/an/deu.ro*.sso*.yo
你沒有聽音樂嗎？

연필로 그림을 그려요.
庸匹兒囉 可領悶 可溜呦
yo*n.pil.lo/geu.ri.meul/geu.ryo*.yo
用鉛筆畫圖。

볼펜으로 숙제를 해요.
波兒配呢囉 酥賊惹 黑呦
bol.pe.neu.ro/suk.jje.reul/he*.yo
用原子筆寫作業。

교과서로 한국어를 배워요.
可呦瓜蒐囉 憨估狗惹 陪我呦
gyo.gwa.so*.ro/han.gu.go*.reul/be*.wo.yo
用教科書學韓語。

이것은 한국어로 어떻게 말해요?
衣狗神 憨估狗囉 喔豆給 媽累呦
i.go*.seun/han.gu.go*.ro/o*.do*.ke/mal.he*.yo
這個用韓語怎麼說呢？

어제 무엇을 했어요 ?
喔賊 目喔奢 黑蒐呦
o*.je/mu.o*.seul/he*.sso*.yo
你昨天在做什麼？

어제 집에서 공부했어요 .
喔賊 幾杯蒐 空餔黑蒐呦
o*.je/ji.be.so*/gong.bu.he*.sso*.yo
我昨天在家裡念書。

이 장미꽃은 누구한테서 받았어요 ?
衣 常咪夠撐 努估憨貼蒐 怕打蒐呦
i/jang.mi.go.cheun/nu.gu.han.te.so*/ba.da.sso*.yo
這玫瑰花是從誰那裡收到的？

남편한테서 받았어요 .
男飄憨貼蒐 怕打蒐呦
nam.pyo*n.han.te.so*/ba.da.sso*.yo
從老公那裡收到的。

누구에게 전화를 해요 ?
努古 A 給 蟲花惹 黑呦
nu.gu.e.ge/jo*n.hwa.reul/he*.yo
打電話給誰？

동생에게 전화를 해요 .
童先 A 給 蟲花惹 黑呦
dong.se*ng.e.ge/jo*n.hwa.reul/he*.yo
打電話給弟弟。

會話練習 1 一寄電子郵件給朋友

A：지금 뭐 해요？
七跟 摸 黑呦
ji.geum/mwo/he*.yo

B：이메일을 써요.
衣妹衣惹 蒐呦
i.me.i.reul/sso*.yo

A：누구한테 보내요？
努估憨貼 波內呦
nu.gu.han.te/bo.ne*.yo

B：미국 친구한테 보내요.
咪估 親估憨貼 波內呦
mi.guk/chin.gu.han.te/bo.ne*.yo

A：한국어로 이메일을 써요？
憨估狗囉 衣妹衣惹 蒐呦
han.gu.go*.ro/i.me.i.reul/sso*.yo

 中譯 1

A：你現在在做什麼？
B：我在寫 mail。
A：你要寄給誰？
B：寄給美國的朋友。
A：你用韓文寫 mail 嗎？

 會話練習 2 －學習韓國語

A：어제 밤에 무엇을 했어요？
喔賊 盤妹 目喔奢 黑蒐呦
o*.je/ba.me/mu.o*.seul/he*.sso*.yo

B：한국어를 배웠어요．
憨估狗惹 陪我蒐呦
han.gu.go*.reul/be*.wo.sso*.yo

A：학원에서 배웠어요？
哈果內蒐 陪我蒐呦
ha.gwo.ne.so*/be*.wo.sso*.yo

B：아니요，한국 친구한테서 배웠어요．
阿你呦 憨估 親估憨貼蒐 陪我蒐呦
a.ni.yo//han.guk/chin.gu.han.te.so*/be*.wo.sso*.yo

A：한국어 공부는 재미있어요？
憨估狗 空舖能 賊咪衣蒐呦
han.gu.go*/gong.bu.neun/je*.mi.i.sso*.yo

中譯 2

A：你昨天晚上在做什麼？
B：我在學韓國語。
A：在補習班學的嗎？
B：不，我跟韓國朋友學的。
A：學習韓國語有趣嗎？

1 這支手錶從爸爸那裡拿到的。

→ _____ .

2 你跟誰學英文呢？

→ _____ ?

3 你給朋友什麼禮物？

→ _____ ?

4 給女朋友戒指了。

→ _____ .

5 用電腦工作。

→ _____ .

6 用筷子吃飯。

→ _____ .

單字參考

반지	戒指
盤幾	ban.ji

젓가락	筷子
醜尬辣	jo*t.ga.rak

第 8 課

벚꽃이 예뻐요.
櫻花美。

 本文單字

산　山
山　san

봄　　春天
朋恩　bom

여름　　夏天
呦冷恩　yo*.reum

가을　秋天
卡而　ga.eul

겨울　　冬天
可呦烏兒　gyo*.ul

강아지　　小狗
康阿幾　gang.a.ji

고양이　貓
口羊衣　go.yang.i

사이즈　尺寸
沙衣資　sa.i.jeu

짐　　行李
寢恩　jim

어떤　　什麼樣的（後面接名詞）
喔東恩　o*.do*n

높다　　高
樓不打　nop.da

깊다　　深
可衣不打　gip.da

따뜻하다　　温暖
答的他打　da.deu.ta.da

덥다　　熱
投不打　do*p.da

시원하다　　涼爽
西我恩哈打　si.won.ha.da

춥다　　冷
粗不打　chup.da

시끄럽다　　吵鬧
西哥囉不打　si.geu.ro*p.da

귀엽다　　可愛
鬼呦不打　　gwi.yo*p.da

뚱뚱하다　　胖
吞吞哈打　　dung.dung.ha.da

작다　　小
差打　　jak.da

크다　　大
科打　　keu.da

쉽다　　簡單
噓不打　　swip.da

맵다　　辣
妹不打　　me*p.da

맛있다　　好吃
媽西打　　ma.sit.da

맛없다　　難吃
媽豆不打　　ma.do*p.da

좁다　　狹窄、小
醜不打　　jop.da

넓다　　寬廣
樓兒打　　no*l.da

깨끗하다　乾淨
給哥他打　　ge*.geu.ta.da

달다　　甜
他兒打　　dal.da

짧다　　短
渣兒打　　jjal.da

길다　　長
可衣兒打　　gil.da

친절하다　親切
親鄒兒哈打　　chin.jo*l.ha.da

비싸다　貴
匹沙打　　bi.ssa.da

낡다　老舊
那打　　nak.da

드리다　給（주다的敬語）
特里打　　deu.ri.da

 本文語法 1

主語＋形容詞
主語的狀態

解說：主語（名詞）後方接主格助詞「이 / 가」，形容詞語幹後方接
終結語尾「아 / 어요」或「(ㅂ) 습니다」。

자동차가 비싸요 .
差東擦嘎 匹沙呦
ja.dong.cha.ga/bi.ssa.yo
汽車貴。

문법이 쉽습니다 .
目恩波逼 噓不森你打
mun.bo*.bi/swip.sseum.ni.da
文法簡單。

글씨가 작아요 .
科兒系嘎 差嘎呦
geul.ssi.ga/ja.ga.yo
字小。

머리가 길어요 .
摸里嘎 可衣囉呦
mo*.ri.ga/gi.ro*.yo
頭髮長。

本文語法 2

形容詞語幹＋（으）ㄴ N
…的…

解説：接在形容詞語幹後方，用來修飾後面的名詞。表示事物現在的性質或狀態。形容詞語幹有尾音接「은」；無尾音接「ㄴ」。

좋은 노래 . (좋다＋은)
醜恩 樓累
Jo.eun/no.re*
好聽的歌。

많은 사람 . (많다＋은)
媽能 沙郎恩
ma.neun/sa.ram
多的人。

짠 음식 . (짜다＋ㄴ＝짠)
沾 恩系
jjan/eum.sik
鹹的食物。

쓴 커피 . (쓰다＋ㄴ＝쓴)
生 摳屁
sseun/ko*.pi
苦的咖啡。

 本文語法 3

> 語幹＋지만
> 雖然⋯但是⋯

解説：接在動詞、形容詞語幹後方，表示前後兩個句子互相對立。

한우가 비싸지만 맛있어요 .
憨烏嘎 匹沙幾慢 媽西蒐呦
ha.nu.ga/bi.ssa.ji.man/ma.si.sso*.yo
韓牛雖貴，但很好吃。

오빠는 돈이 없지만 키가 커요 .
歐爸能 投你 喔不己慢 ki 嘎 扣呦
o.ba.neun/do.ni/o*p.jji.man/ki.ga/ko*.yo
哥哥雖然沒錢，但個子很高。

누나는 안 예쁘지만 머리가 좋아요 .
努那能 安 耶波幾蠻 摸里嘎 醜阿呦
nu.na.neun/an/ye.beu.ji.man/mo*.ri.ga/jo.a.yo
姊姊雖不漂亮，但很聰明。

눈이 오지만 별로 안 추워요 .
努你 喔幾慢 匹呦兒囉 安 粗我呦
nu.ni/o.ji.man/byo*l.lo/an/chu.wo.yo
雖然下雪，但不怎麼冷。

 本文語法 4

ㅂ不規則變化

解說：語幹以ㅂ結束的部分詞彙，遇到以母音開頭的語尾時，ㅂ會變成「우」。兩個例外的詞彙「돕다（幫助）」和「곱다（漂亮）」遇到以母音開頭的語尾時，ㅂ會變成「오」。

어렵다（困難）＋어요→어려우＋어요＝어려워요.
困難

가깝다（近）＋아요→가까우＋어요＝가까워요.
近

맵다（辣）＋어요→매우＋어요＝매워요.
辣

귀엽디（可愛）＋어요→귀여우＋어요＝귀여워요.
可愛

춥다（冷）＋어요→추우＋어요＝추워요.
冷

돕다（幫助）＋아요→도오＋아요＝도와요.
幫助

곱다（漂亮）＋아요→고오＋아요＝고와요.
漂亮

本文語法 5

ㄹ 不規則變化

解説：語幹尾音以ㄹ結束的動詞、形容詞，後面遇到以「ㄴ」、「ㅂ」、「ㅅ」開頭的語尾時，「ㄹ」會脫落。還有，尾音以ㄹ結束的詞彙，後面遇到으開頭的語尾時，「으」會脫落。

살다（居住）＋습니다→사＋ㅂ니다＝삽니다.
住

달다（甜）＋은（的）→달＋ㄴ→다＋ㄴ＝단
甜的

놀다（玩）＋습니다→노＋ㅂ니다＝놉니다.
玩

만들다（製做）＋읍시다→만들＋ㅂ시다→만드＋ㅂ시다
＝만듭시다.
做吧

울다（哭）＋는（的）→우＋는＝우는
哭的

알다（知道）＋습니다→아＋ㅂ니다＝압니다.
知道

열다（開）＋으세요（請）→열＋세요→여＋세요
＝여세요.
請打開

 句型練習

산이 높아요 .
山你 樓怕呦
sa.ni/no.pa.yo
山高。

바다가 깊어요 .
趴打嘎 可衣波呦
ba.da.ga/gi.po*.yo
海深。

봄이 따뜻해요 .
朋咪 答的貼呦
bo.mi/da.deu.te*.yo
春天温暖。

여름은 더워요 .
呦了悶 投我呦
yo*.reu.meun/do*.wo.yo
夏天熱。

가을은 시원해요 .
卡兒冷 西我嘿呦
ga.eu.reun/si.won.he*.yo
秋天涼爽。

겨울은 추워요 .
可呦烏冷 粗我呦
gyo*.u.reun/chu.wo.yo
冬天冷。

 벚꽃이 예뻐요.
第8課 櫻花美。

강아지가 시끄러워요 .
康阿幾嘎 西哥囉我呦
gang.a.ji.ga/si.geu.ro*.wo.yo
小狗吵。

고양이가 귀여워요 .
口羊衣嘎 鬼呦我呦
go.yang.i.ga/gwi.yo*.wo.yo
貓咪可愛。

도서관이 조용해요 .
投搜管你 醜庸黑呦
do.so*.gwa.ni/jo.yong.he*.yo
圖書館安靜。

동생은 뚱뚱하지만 키가 커요 .
童先恩 吞吞哈幾慢 可衣嘎 扣呦
dong.se*ng.eun/dung.dung.ha.ji.man/ki.ga/ko*.yo
弟弟雖胖，但個子高。

한국음식이 맵지만 맛있어요 .
憨估恩系可衣 妹幾慢 媽西蒐呦
han.gu.geum.si.gi/me*p.jji.man/ma.si.sso*.yo
韓國食物雖辣，但好吃。

집이 좁지만 깨끗해요 .
幾逼 走步幾慢 給哥貼呦
ji.bi/jop.jji.man/ge*.geu.te*.yo
房子雖小，但很乾淨。

서울은 어떤 곳이에요 ?
蒐烏冷 喔東恩 狗西耶呦
so*.u.reun/o*.do*n/go.si.e.yo
首爾是什麼樣的地方？

서울은 복잡한 곳이에요 .
蒐烏冷 波渣攀 狗西耶呦
so*.u.reun/bok.jja.pan/go.si.e.yo
首爾是很複雜的地方。

어떤 과일을 좋아해요 ?
喔東恩 誇衣惹 醜阿黑呦
o*.do*n/gwa.i.reul/jjo.a.he*.yo
你喜歡什麼樣的水果？

단 과일을 좋아해요 .
談 誇衣惹 醜阿黑呦
dan/gwa.i.reul/jjo.a.he*.yo
我喜歡甜的水果。

작은 사이즈로 드려요 ?
差跟 沙衣資囉 特溜呦
ja.geun/sa.i.jeu.ro/deu.ryo*.yo
要給您小號的尺寸嗎？

아니요 , 큰 사이즈로 주세요 .
阿你呦 坑 沙衣資囉 租誰呦
a.ni.yo//keun/sa.i.jeu.ro/ju.se.yo
不，請給我大號的尺寸。

會話練習 1－談論在韓國的生活

A：한국 생활이 어떻습니까？
憨估 先滑里 喔豆森你嘎
han.guk/se*ng.hwa.ri/o*.do*.sseum.ni.ga

B：바쁘지만 매일 즐겁습니다.
怕撥幾慢 妹衣兒 則兒狗森你打
ba.beu.ji.man/me*.il/jeul.go*p.sseum.ni.da

A：한국어 공부가 어렵지 않습니까？
憨估狗 空補嘎 喔溜不幾 安森你嘎
han.gu.go*/gong.bu.ga/o*.ryo*p.jji/an.sseum.ni.ga

B：어렵지만 재미있어요.
喔溜不幾慢 賊咪衣蒐呦
o*.ryo*p.jji.man/je*.mi.i.sso*.yo

A：지금 한국 날씨가 어떻습니까？
妻跟 憨估 那兒系嘎 喔豆森你嘎
ji.geum/han.guk/nal.ssi.ga/o*.do*.sseum.ni.ga

中譯 1

> A：韓國生活怎麼樣？
> B：雖然忙碌，但每天都很開心。
> A：韓語學習不難嗎？
> B：雖然難，但是很有趣。
> A：現在韓國的天氣怎麼樣？

 會話練習 2－買褲子時

A：저기요 , 저 바지를 좀 보여 주세요 .
醜可衣呦 醜 怕幾惹 綜 波呦 租誰呦
jo*.gi.yo//jo*/ba.ji.reul/jjom/bo.yo*/ju.se.yo

B：저 짧은 바지입니까 ?
醜 渣兒奔 怕幾影你嘎
jo*/jjal.beun/ba.ji.im.ni.ga

A：아니요 , 저 긴 바지입니다 .
阿你呦 醜 可衣恩 怕己影你打
a.ni.yo//jo*/gin/ba.ji.im.ni.da

B：마음에 드세요 ?
媽恩妹 特誰呦
ma.eu.me/deu.se.yo

A：예 , 스몰 사이즈로 주세요 .
耶 思摸兒 沙衣資囉 租誰呦
ye//seu.mol/sa.i.jeu.ro/ju.se.yo

 中譯 2

A：老闆，請給我看看那件褲子。
B：那件短褲嗎？
A：不是，是那件長褲。
B：您喜歡嗎？
A：喜歡，請給我小號的尺寸。

隨堂測驗

1. 買了漂亮的花。
→ _____.

2. 喝熱咖啡。
→ _____.

3. 鄉下人們很親切。
→ _____.

4. 行李重。
→ _____.

5. 房子很便宜但是很老舊。
→ _____.

6. 教室很寬廣但是很髒。
→ _____.

 單字參考

시골　鄉下
西狗兒　si.gol

무겁다　重
木狗不打　mu.go*p.da

菜韓文
基礎實用篇

第 9 課

무엇을 좋아해요 ?
你喜歡什麼 ?

 本文單字

등산　爬山
騰山　deung.san

벌레　蟲子
波兒累　bo*l.le

돈　　錢
同恩　don

교통카드　交通卡
可呦通卡特　gyo.tong.ka.deu

식탁　餐桌
系踏　sik.tak

한자　漢字
憨渣　han.ja

다리　腿
塔里　da.ri

김치　泡菜
可衣恩氣　gim.chi

김　　海苔
可衣恩　gim

일　　事情、工作
衣兒　il

휴지　　衛生紙
呵U幾　hyu.ji

그릇　　碗盤
可了特　geu.reut

컵　　杯子
扣不　ko*p

숟가락　　湯匙
速嘎辣　sut.ga.rak

밥솥　　飯鍋
怕不嗽特　bap.ssot

옆　　旁邊
呦不　yo*p

테니스　　打網球
貼你思　te.ni.seu

립스틱　口紅
里不思替　rip.sseu.tik

아이　小孩
阿衣　a.i

동전　銅板
同總恩　dong.jo*n

지폐　紙鈔
幾配　ji.pye

여권　護照
呦果恩　yo*.gwon

비닐봉지　塑膠袋
匹你兒朋幾　bi.nil.bong.ji

상자　箱子
商渣　sang.ja

손님　客人
松您恩　son.nim

동물　動物
同木兒　dong.mul

다치다　受傷
他七打　da.chi.da

감기에 걸리다　感冒
坎可衣 A 口兒里打　gam.gi.e/go*l.li.da

나아지다　好起來、康復
那阿幾打　na.a.ji.da

포기하다　放棄
波可衣哈打　po.gi.ha.da

기다리다　等待
可衣打里打　gi.da.ri.da

도와 주다　幫助
投哇租打　do.wa/ju.da

알려 주다　告知、通知
阿兒溜 租打　al.lyo*/ju.da

스키를 타다　滑雪
思 ki 惹 他打　seu.ki.reul/ta.da

책임을 지다　負責任
切金悶 幾打　che*.gi.meul/jji.da

 本文語法 1

名詞＋이／가 있다
有某物

解說：「있다」為形容詞，意思為「有、在」。

남자친구가 있어요.
男渣親估嘎 衣搜呦
nam.ja.chin.gu.ga/i.sso*.yo
有男朋友。

립스틱이 있어요.
立不思替可衣 衣搜呦
rip.sseu.ti.gi/i.sso*.yo
有口紅。

아이가 있습니까?
阿衣嘎 衣森你嘎
a.i.ga/it.sseum.ni.ga
有小孩嗎?

동전이 있어요?
同總你 衣搜呦
dong.jo*.ni/i.sso*.yo
有銅板嗎?

 本文語法 2

名詞＋이 / 가 없다
沒有某物

解説：「없다」為形容詞，意思為「沒有、不在」。

지폐가 없어요 .
幾配嘎 喔步蒐呦
ji.pye.ga/o*p.sso*.yo
沒有紙鈔。

여권이 없어요 .
呦果你 喔步蒐呦
yo*.gwo.ni/o*p.sso*.yo
沒有護照。

사진이 없이요 ?
沙金你 喔步蒐呦
sa.ji.ni/o*p.sso*.yo
沒有照片嗎？

비닐봉투가 없습니까 ?
匹你兒朋吐嘎 喔森你嘎
bi.nil.bong.tu.ga/o*p.sseum.ni.ga
沒有塑膠袋嗎？

 本文語法 3

位置＋에 있다
（東西）在某處

解説：「에」接在處所名詞後方，也表示「位置」。

신발이 어디에 있어요？
新巴里 喔低 A 衣蒐呦
sin.ba.ri/o*.di.e/i.sso*.yo
鞋子在哪裡呢？

카메라는 방에 있습니다.
咖妹拉能 旁 A 衣森你打
ka.me.ra.neun/bang.e/it.sseum.ni.da
相機在房間。

핸드폰은 가방에 없어요.
黑恩的波能 卡邦 A 喔步蒐呦
he*n.deu.po.neun/ga.bang.e/o*p.sso*.yo
手機不在包包裡。

귤은 상자에 없어요？
Q冷 商渣 A 喔步蒐呦
gyu.reun/sang.ja.e/o*p.sso*.yo
橘子不在箱子裡嗎？

本文語法 4

位置＋에 계시다
人在某處

解説：있다（在）的敬語是「계시다」。當主語是需要尊敬的對象時，要使用계시다。

아버지가 거실에 계세요 .

阿波幾嘎 口西累 K 誰呦

a.bo*.ji.ga/go*.si.re/gye.se.yo

爸爸在客廳。

할아버지가 집에 계십니까 ?

哈拉波幾嘎 幾杯 K 新你嘎

ha.ra.bo*.ji.ga/ji.be/gye.sim.ni.ga

爺爺在家嗎？

손님이 여기에 안 계십니다 .

松你咪 呦可衣 A 安 K 新你打

son.ni.mi/yo*.gi.e/an/gye.sim.ni.da

客人不在這裡。

과장님은 회사에 안 계세요 .

誇髒你悶 輝沙 A 安 K 誰呦

gwa.jang.ni.meun/hwe.sa.e/an/gye.se.yo

課長不在公司。

 **本文語法 5**

名詞＋을／를 좋아하다
喜歡某物

解説：좋아하다為動詞，意思為「喜歡」，相反詞是「싫어하다（討厭）」。

동물을 좋아해요 .
同木惹 醜阿黑呦
dong.mu.reul/jjo.a.he*.yo
我喜歡動物。

쇼핑을 좋아합니까 ?
休拼兒 醜阿憨你嘎
syo.ping.eul/jjo.a.ham.ni.ga
你喜歡購物嗎？

청소를 싫어합니다 .
聰嗽惹 西囉憨你打
cho*ng.so.reul/ssi.ro*.ham.ni.da
我討厭打掃。

커피를 싫어해요 .
扣屁惹 西囉黑呦
ko*.pi.reul/ssi.ro*.he*.yo
我討厭咖啡。

本文語法 6

動詞語幹＋ㄹ／을 수 있다
可以⋯／會⋯

解說：接在動詞語幹後方，表示某人有做某事的「能力」或「可能性」。

스키를 탈 수 있어요?
思 ki 惹 他兒 酥 衣蒐呦
seu.ki.reul/tal/ssu/i.sso*.yo
你會滑雪嗎?

같이 식사할 수 있습니까?
卡器 系沙哈兒 酥 衣森你嘎
ga.chi/sik.ssa.hal/ssu/it.sseum.ni.ga
可以一起用餐嗎?

기다릴 수 있습니다.
可衣搭里兒 酥 衣森你打
gi.da.ril/su/it.sseum.ni.da
我可以等。

도와 줄 수 있어요.
投哇 租 酥 衣蒐呦
do.wa/jul/su/i.sso*.yo
我可以幫你。

本文語法 7

動詞語幹＋ㄹ／을 수 없다
不可以…／不會…

解說： 接在動詞語幹後方，表示某人沒有做某事的「能力」或「可能性」。

알려 줄 수 없어요 .
阿兒溜 租兒 酥 喔步蒐呦
al.lyo*/jul/su/o*p.sso*.yo
我不能告訴你。

책임을 질 수 없습니다 .
切金悶 幾兒 酥 喔步森你打
che*.gi.meul/jjil/su/o*p.sseum.ni.da
我不能負責任。

수영을 할 수 없어요 .
酥傭兒 哈兒 酥 喔步蒐呦
su.yo*ng.eul/hal/ssu/o*p.sso*.yo
我不能游泳。

지금 전화할 수 없습니다 .
七跟 蟲花哈兒 酥 喔步森你打
ji.geum/jo*n.hwa/hal/ssu/o*p.sseum.ni.da
現在不能打電話。

 本文語法 8

語幹＋아 / 어서
因為…所以…

解説：接在動、形容詞語幹後方，表示「原因、理由」。語幹母音是「ㅏ、
ㅗ」時，接「아서」；語幹母音不是「ㅏ、ㅗ」時，接「어서」。

돈이 없어서 살 수 없어요 .
同你 喔步蒐蒐 沙兒 酥 喔步蒐呦
do.ni/o*p.sso*.so*/sal/ssu/o*p.sso*.yo
因為沒有錢，不能買。

어려워서 포기했어요 .
喔溜我蒐 波 gi 黑蒐呦
o*.ryo*.wo.so*/po.gi.he*.sso*.yo
因為難，所以放棄了。

날씨가 더워서 아이스크림을 먹어요 .
那兒系嘎 投我蒐 阿衣思可里悶 摸狗呦
nal.ssi.ga/do*.wo.so*/a.i.seu.keu.ri.meul/mo*.go*.yo
天氣熱，所以吃冰淇淋。

비가 와서 소풍 안 가요 .
匹嘎 哇蒐 嗽鋪恩 安 卡呦
bi.ga/wa.so*/so.pung/an/ga.yo
因為下雨，所以不去郊遊。

句型練習

저는 등산을 좋아합니다 .
醜能 騰山呢 醜阿憨你打
jo*.neun/deung.sa.neul/jjo.a.ham.ni.da
我喜歡爬山。

나는 벌레를 싫어해요 .
那能 波兒累惹 西囉黑呦
na.neun/bo*l.le.reul/ssi.ro*.he*.yo
我討厭蟲子。

돈이 있어요 ?
同你 衣蒐呦
do.ni/i.sso*.yo
你有錢嗎?

교통카드가 없어요 .
可呦通卡特嘎 喔步蒐呦
gyo.tong.ka.deu.ga/o*p.sso*.yo
我沒有交通卡。

책상에 책이 있어요 .
切商 A 切可衣 衣蒐呦
che*k.ssang.e/che*.gi/i.sso*.yo
書桌上有書。

방에 의자가 없어요 .
旁 A 而衣渣嘎 喔步蒐呦
bang.e/ui.ja.ga/o*p.sso*.yo
房間沒有椅子。

선생님이 교실에 계십니다 .
松先你咪 可呦西累 K 新你打
so*n.se*ng.ni.mi/gyo.si.re/gye.sim.ni.da
老師在教室。

아버지가 회사에 계세요 .
阿波幾嘎 輝沙 A K 誰呦
a.bo*.ji.ga/hwe.sa.e/gye.se.yo
爸爸在公司。

한자를 읽을 수 있어요 .
憨渣惹 衣兒哥 酥 衣蒐呦
han.ja.reul/il.geul/ssu/i.sso*.yo
我會讀漢字。

한국어를 할 수 있어요 .
憨估狗惹 哈兒 酥 衣蒐呦
han.gu.go*.reul/hal/ssu/i.sso*.yo
我會説韓語。

다리를 다쳐서 걸을 수 없어요 .
他里惹 他秋蒐 口惹 酥 喔步蒐呦
da.ri.reul/da.cho*.so*/go*.reul/ssu/o*p.sso*.yo
因為腿受傷，不能走路。

바빠서 만날 수 없어요 .
怕爸蒐 蠻那兒 酥 喔步蒐呦
ba.ba.so*/man.nal/ssu/o*p.sso*.yo
因為忙，不能見面。

김치를 좋아해요?
可音妻惹 醜阿黑呦
gim.chi.reul/jjo.a.he*.yo
你喜歡泡菜嗎?

아니요, 안 좋아해요.
阿你呦 安 醜阿黑呦
a.ni.yo//an/jo.a.he*.yo
不,不喜歡。

김을 좋아합니까?
可衣悶 醜阿憨你嘎
gi.meul/jjo.a.ham.ni.ga
你喜歡海苔嗎?

아니요, 좋아하지 않습니다.
阿你呦 醜阿哈幾 安森你打
a.ni.yo//jo.a.ha.ji/an.sseum.ni.da
不,不喜歡。

같이 교회에 가요?
卡器 可呦灰 A 卡呦
ga.chi/gyo.hwe.e/ga.yo
要一起去教會嗎?

아니요, 다른 일이 있어서 갈 수 없어요.
阿你呦 他冷 衣里 衣蒐呦 卡兒 酥 喔步蒐呦
a.ni.yo//da.reun/i.ri/i.sso*.so*/gal/ssu/o*p.sso*.yo
不,我有其他的事,不能去。

會話練習 1－詢問人的位置在哪裡

A：집에 누가 있어요？
雞杯 努嘎 衣蒐呦
ji.be/nu.ga/i.sso*.yo

B：아버지하고 어머니가 계세요.
阿波幾哈溝 喔摸你嘎 K 誰呦
a.bo*.ji.ha.go/o*.mo*.ni.ga/gye.se.yo

A：동생이 집에 없어요？
童先衣 幾杯 喔步蒐呦
dong.se*ng.i/ji.be/o*p.sso*.yo

B：네, 없어요. 지금 학원에 있어요.
內 喔步蒐呦 七跟 哈果內 衣蒐呦
ne//o*p.sso*.yo//ji.geum/ha.gwo.ne/i.sso*.yo

A：재준 씨 아직 회사에 있어요？
賊尊 系 阿寄 灰沙 A 衣蒐呦
je*.jun/ssi/a.jik/hwe.sa.e/i.sso*.yo

中譯 1

A：家裡面有誰？
B：有爸爸和媽媽在。
A：弟弟不在家嗎？
B：對，不在。他現在在補習班。
A：在俊你還在公司嗎？

무엇을 좋아해요?
第9課 你喜歡什麼?
179

會話練習 2 —詢問他人喜歡什麼運動

A：나정 씨는 운동을 좋아해요?
　　那綜 系能 溫東兒 醜阿黑呦
　　na.jo*ng/ssi.neun/un.dong.eul/jjo.a.he*.yo

B：네, 좋아해요.
　　內 醜阿黑呦
　　ne//jo.a.he*.yo

A：무슨 운동을 좋아해요?
　　木身 溫東兒 醜阿黑呦
　　mu.seun/un.dong.eul/jjo.a.he*.yo

B：테니스를 좋아해요.
　　貼你思惹 醜阿黑呦
　　te.ni.seu.reul/jjo.a.he*.yo

A：나도 테니스를 조금 칠 수 있어요.
　　那豆 貼你思惹 醜跟恩 妻兒 酥 衣蔻呦
　　na.do/te.ni.seu.reul/jjo.geum/chil/su/i.sso*.yo

中譯 2

A：娜靜你喜歡運動嗎？
B：我喜歡。
A：你喜歡什麼運動？
B：我喜歡打網球。
A：我也會打一點網球。

菜韓文
基礎實用篇

 會話練習 3 －關心感冒的朋友

A：오늘 왜 학교에 안 왔어요?
歐呢 為 哈個呦 A 安 哇蒐呦
o.neul/we*/hak.gyo.e/an/wa.sso*.yo

B：감기에 걸려서 학교에 갈 수 없었어요.
砍個衣 A 口兒溜蒐 哈個呦 A 卡兒 酥 喔步蒐蒐呦
gam.gi.e/go*l.lyo*.so*/hak.gyo.e/gal/ssu/o*p.sso*.
sso*.yo

A：약을 먹었어요?
呀哥兒 摸狗蒐呦
ya.geul/mo*.go*.sso*.yo

B：네, 먹었어요.
內 摸狗蒐呦
ne//mo*.go*.sso*.yo

B：지금은 괜찮아요. 약을 먹어서 좀 나이졌이요.
七跟悶 虧餐那呦 押哥 摸狗蒐 綜 那阿酒蒐呦
ji.geu.meun/gwe*n.cha.na.yo//ya.geul/mo*.go*.
so*/jom/na.a.jo*.sso*.yo

 中譯 3

> A：你今天為什麼沒來學校？
> B：因為感冒，所以不能去學校。
> A：你吃過藥了嗎？
> B：吃過了。
> B：現在沒事了。吃了藥，有好一點。

隨堂測驗

1 我喜歡草莓。

→ _____ .

2 你討厭什麼食物？

→ _____ ?

3 社長現在在會議室。

→ _____ .

4 朋友們在籃球場。

→ _____ .

5 工作很多，所以不能下班。

→ _____ .

6 沒有工作，所以可以回家。

→ _____ .

單字參考

딸기	草莓
答兒可衣	dal.gi

사장님	社長、總經理
沙髒您恩	sa.jang.nim

第 10 課

커피 두 잔 주세요.
請給我兩杯咖啡。

 本文單字

소고기　牛肉
蒐溝個衣　so.go.gi

닭고기　雞肉
踏溝可衣　dal.go.gi

캐나다　加拿大
K那打　ke*.na.da

짜리　指商品單價或貨幣的面額
炸里　jja.ri

우표　郵票
烏匹呦　u.pyo

도시　都市
投西　do.si

시골　鄉下
西狗兒　si.gol

휴대폰　手機
呵U貼朋　hyu.de*.pon

菜韓文
基礎實用篇

댁　　家（집的敬語）
鐵　　de*k

기숙사　　宿舍
可衣速沙　gi.suk.ssa

배　　梨子、船、肚子
陪　　be*

일주일　　一週
衣兒租衣兒　il.ju.il

하루　　一天
哈魯　ha.ru

아주머님　　阿姨、大媽（아주머니的尊稱）
阿租摸您　　a.ju.mo*.nim

사인　　簽名
沙銀　sa.in

직업　　職業
己狗不　ji.go*p

교환학생　　交換學生
可呦歡哈先嗯　gyo.hwan.hak.sse*ng

공무원　　公務員
空木我嗯　gong.mu.won

가정주부　家庭主婦
卡宗祖部　ga.jo*ng.ju.bu

세탁소　　洗衣店
誰踏蒐　　se.tak.sso

뉴스　　電視新聞
妞思　　nyu.seu

쵸코우유　巧克力牛奶
秋扣烏U　　chyo.ko.u.yu

청담동　　清潭洞 (地名)
聰丹懂　　cho*ng.dam.dong

동대문　　東大門 (地名)
童貼木恩　dong.de*.mun

집값　　房價
己嘎不　　jip.gap

부엌　　廚房
鋪喔　　bu.o*k

뭘　　什麼（무엇을的縮寫）
摸兒　mwol

일찍　早點、早些
衣兒寄　il.jjik

빠르다　快
爸了打　ba.reu.da

무겁다　重
木狗打　mu.go*p.da

펴다　翻開
匹呦打　pyo*.da

보내다　度過（日子）
波內打　bo.ne*.da

바꾸다　更換、交換
趴估打　ba.gu.da

알다　知道
阿兒打　al.da

입다　穿（衣服、褲子）
衣不打　ip.da

 **本文語法 1**

純韓文數字＋量詞
表示人、物的數量

解說：當數字和量詞做結合時，必須使用純韓文數字。但하나、둘、셋、넷後方接量詞時，要變成한、두、세、네的型態。

교과서 다섯 권 .
可呦誇蒐 他蒐 果恩
gyo.gwa.so*/da.so*t/gwon
五本教科書。

펜 여덟 자루 .
配恩 呦豆兒 渣魯
pen/yo*.do*l/ja.ru
八枝筆。

개 네 마리 .
K 內 媽里
ge*/ne/ma.ri
四隻狗。

밥 두 그릇 .
怕不 禿 可了
bap/du/geu.reut
兩碗飯。

 本文語法 2

> 地點에서 地點까지
> 從…到…

解說：에서表示距離上的出發點或起點，까지表示時間或距離上的限度、終點。「~에서~까지」表示某一距離的範圍。

집에서 회사까지 가깝습니다.
幾杯蒐 灰沙嘎幾 卡嘎森你打
ji.be.so*/hwe.sa.ga.ji/ga.gap.sseum.ni.da
從家裡到公司很近。

대만에서 캐나다까지 멀어요.
貼蠻內蒐 K 那打嘎幾 摸囉呦
de*.ma.ne.so*/ke*.na.da.ga.ji/mo*.ro*.yo
從台灣到加拿大很遠。

기숙사에서 지하철역까지 오분쯤 걸려요.
可衣速沙 A 蒐 妻哈醜六嘎幾 歐鋪恩贈 口兒溜呦
gi.suk.ssa.e.so*/ji.ha.cho*.ryo*k.ga.ji/o.bun.jjeum/go*l.
lyo*.yo
從宿舍到地鐵站要花五分鐘左右。

여기에서 선생님 댁까지 어떻게 가요?
呦可衣 A 蒐 松先您 貼嘎幾 喔豆 K 卡呦
yo*.gi.e.so*/so*n.se*ng.nim/de*k.ga.ji/o*.do*.ke/ga.yo
從這裡到老師的家要怎麼去？

本文語法 3

名詞＋보다
比…

解說：보다在名詞後方，表示比較的對象。

지하철은 버스보다 빨라요 .
七哈醜冷 波思撥打 爸兒拉呦
ji.ha.cho*.reun/bo*.seu.bo.da/bal.la.yo
地鐵比公車快。

소고기는 닭고기보다 맛있어요 .
蒐勾可衣能 踏勾可衣撥打 媽西蒐呦
so.go.gi.neun/dal.go.gi.bo.da/ma.si.sso*.yo
牛肉比雞肉好吃。

사전은 만화책보다 무거워요 .
沙總能 蠻花萃波打 木勾我呦
sa.jo*.neun/man.hwa.che*k.bo.da/mu.go*.wo.yo
字典比漫畫書重。

일본은 대만보다 추워요 .
衣兒崩能 貼蠻波打 粗我呦
il.bo.neun/de*.man.bo.da/chu.wo.yo
日本比台灣冷。

 本文語法 4

動詞語幹＋고 싶다

想…

解說：接在動詞語幹後方，表示談話者的希望、願望。

부모님이 보고 싶어요 .
撲摸你咪 波勾 西波呦
bu.mo.ni.mi/bo.go/si.po*.yo
我想念爸媽。

콜라를 마시고 싶어요 .
扣兒拉惹 媽西勾 西波呦
kol.la.reul/ma.si.go/si.po*.yo
我想喝可樂。

감자탕을 먹고 싶어요 .
砍渣糖兒 末勾 西波呦
gam.ja.tang.eul/mo*k.go/si.po*.yo
我想吃馬鈴薯豬骨湯。

민호 오빠 사인을 받고 싶어요 .
民齁 歐爸 沙衣呢 怕勾 西波呦
min.ho/o.ba/sa.i.neul/bat.go/si.po*.yo
我想要敏鎬哥的簽名。

 本文語法 5

語幹＋(으)시
尊敬主語

解說：在動、形容詞語幹後方接上 (으) 시，表示尊敬主語（聽話者或比談話者或聽話者的年齡或社會地位還高的對象）。

어디에 가십니까 ? (시＋ㅂ니까→십니까)
喔低 A 卡新你嘎
o*.di.e/ga.sim.ni.ga
您要去哪裡？

아버지가 일을 하십니다 .
阿波幾嘎 衣惹 哈新你打
a.bo*.ji.ga/i.reul/ha.sim.ni.da
爸爸工作。

선생님이 식사하세요 . (시＋어요→세요)
松先你咪 系沙哈誰呦
so*n.se*ng.ni.mi/sik.ssa.ha.se.yo
老師用餐。

왕 여사님이 친절하세요 .
王 呦沙你咪 親鄒兒哈誰呦
wang/yo*.sa.ni.mi/chin.jo*l.ha.se.yo
王女士很親切。

 **本文語法 6**

動詞語幹＋(으)세요.
請（做）…

解說：表示有禮貌地請求對方做某事。語幹有尾音時,接으세요;語幹沒有尾音時,接세요。

내일 일찍 오세요.
內衣兒 衣兒寄 歐誰呦
ne*.il/il.jjik/o.se.yo
明天請早點來。

열심히 공부하세요.
呦兒西咪 空舖哈誰呦
yo*l.sim.hi/gong.bu.ha.se.yo
請認真念書。

교과서 50 쪽을 펴세요.
可呦誇蒐 歐系走哥 匹呦誰呦
gyo.gwa.so*/o.sip.jjo.geul/pyo*.se.yo
請翻到教科書第 50 頁。

좋은 하루 보내세요.
醜恩 哈魯 波內誰呦
jo.eun/ha.ru/bo.ne*.se.yo
祝你度過愉快的一天。

커피 두 잔 주세요.
第10課 請給我兩杯咖啡。

句型練習

책상에 책이 두 권 있어요 .
翠商 A 雌耶 gi 土 果恩 衣蔲呦
che*k.ssang.e/che*.gi/du/gwon/i.sso*.yo
書桌上有兩本書。

350 원짜리 우표를 한 장 주세요 .
三背狗系波恩炸里 烏匹呦惹 憨 髒 租誰呦
sam.be*.go.si.bwon.jja.ri/u.pyo.reul/han/jang/ju.se.yo
請給我 350 韓圜的郵票一張。

소주 다섯 병 마셨어요 .
蔲租 他蔲 必呦 媽休蔲呦
so.ju/da.so*t/byo*ng/ma.syo*.sso*.yo
我喝了五瓶燒酒。

옷을 한 벌 사요 .
歐奢 憨 波兒 沙呦
o.seul/han/bo*l/sa.yo
買一件衣服。

학교에 교환학생이 스무 명 있어요 .
哈個呦 A 可呦歡哈先衣 思木 謬 衣蔲呦
hak.gyo.e/gyo.hwan.hak.sse*ng.i/seu.mu/myo*ng/i.sso*.
yo
學校有二十位交換生。

남동생은 형보다 키가 커요 .
男東先嗯 呵呦波打 可衣嘎 扣呦
nam.dong.se*ng.eun/hyo*ng.bo.da/ki.ga/ko*.yo
弟弟比哥哥的個子還高。

가방은 지갑보다 비싸요 .
卡邦恩 起嘎波打 匹沙呦
ga.bang.eun/ji.gap.bo.da/bi.ssa.yo
包包比皮夾貴。

도시는 시골보다 사람이 많아요 .
投西能 西勾兒波打 沙郎咪 蠻那呦
do.si.neun/si.gol.bo.da/sa.ra.mi/ma.na.yo
都市比鄉下的人多。

삼계탕을 먹고 싶어요 .
山給糖兒 末勾 西波呦
sam.gye.tang.eul/mo*k.go/si.po*.yo
我想吃參雞湯。

누구를 만나고 싶습니까 ?
努估惹 蠻那勾 系森你嘎
nu.gu.reul/man.na.go/sip.sseum.ni.ga
你想見誰？

휴대폰을 바꾸고 싶어요 .
呵 U 貼朋兒 怕估勾 西波呦
hyu.de*.po.neul/ba.gu.go/si.po*.yo
我想換手機。

그분이 누구세요?
可不你 努估誰呦
geu.bu.ni/nu.gu.se.yo
那位是誰?

그분은 사장님이세요.
可不能 沙髒你咪誰呦
geu.bu.neun/sa.jang.ni.mi.se.yo
那位是社長。

아주머님이 어디에 가십니까?
阿租摸你咪 喔低 A 卡新你嘎
a.ju.mo*.ni.mi/o*.di.e/ga.sim.ni.ga
阿姨去哪裡?

아주머님은 세탁소에 가십니다.
阿租摸你悶 誰踏蒐 A 卡新你打
a.ju.mo*.ni.meun/se.tak.sso.e/ga.sim.ni.da
阿姨去洗衣店。

할아버지가 무엇을 하세요?
哈拉波幾嘎 木喔奢 哈誰呦
ha.ra.bo*.ji.ga/mu.o*.seul/ha.se.yo
爺爺在做什麼?

할아버지는 뉴스를 보세요.
哈拉波幾能 妞思惹 波誰呦
ha.ra.bo*.ji.neun/nyu.seu.reul/bo.se.yo
爺爺在看新聞。

菜韓文
基礎實用篇

배를 몇 개 샀어요?
陪惹 謬 給 沙蒐呦
be*.reul/myo*t/ge*/sa.sso*.yo
你買了幾個梨子？

네 개 샀어요.
內 給 沙蒐呦
ne/ge*/sa.sso*.yo
買了四個。

가족이 몇 명이세요?
卡走可衣 謬 謬衣誰呦
ga.jo.gi/myo*t/myo*ng.i.se.yo
您家人有幾位？

다섯 명이에요.
他蒐 謬衣 A 呦
da.so*t/myo*ng.i.e.yo
有五位。

일주일에 몇 번 운동을 해요?
衣租衣累 謬 崩 溫東兒 黑呦
il.ju.i.re/myo*t/bo*n/un.dong.eul/he*.yo
你一週運動幾次？

세 번 해요.
誰 崩 黑呦
se/bo*n/he*.yo
運動三次。

 會話練習 1 －詢問他人放假的計劃

A : 내일부터 방학이네요 .
內衣兒撲投 旁哈可衣內呦
ne*.il.bu.to*/bang.ha.gi.ne.yo

B : 방학에 무엇을 하고 싶어요 ?
旁哈給 木喔奢 哈溝 西波呦
bang.ha.ge/mu.o*.seul/ha.go/si.po*.yo

A : 여행을 하고 싶어요 .
呦黑恩兒 哈溝 西波呦
yo*.he*ng.eul/ha.go/si.po*.yo

B : 어디에 가고 싶어요 ?
喔低 A 卡勾 西波呦
o*.di.e/ga.go/si.po*.yo

A : 부산에 가고 싶어요 .
鋪沙內 卡勾 西波呦
bu.sa.ne/ga.go/si.po*.yo

中譯 1

A : 明天開始就放假了呢！
B : 放假時你想做什麼？
A : 我想去旅行。
B : 你想去哪裡？
A : 我想去釜山。

會話練習 2 一詢問他人想喝什麼

A : 호준 씨 , 거기에 컵이 몇 개 있어요 ?
齁尊 系 口可衣 A 扣逼 謬 給 衣蒐呦
ho.jun/ssi//go*.gi.e/ko*.bi/myo*t/ge*/i.sso*.yo

B : 일곱 개 있어요 .
衣兒狗 給 衣蒐呦
il.gop/ge*/i.sso*.yo

A : 그럼 세 개 주세요 .
可龍 誰 給 租誰呦
geu.ro*m/se/ge*/ju.se.yo

A : 뭘 마시고 싶어요 ?
摸兒 媽西勾 西波呦
mwol/ma.si.go/si.po*.yo

B : 쵸코우유로 주세요 .
秋扣烏 U 囉 租誰呦
chyo.ko.u.yu.ro/ju.se.yo

中譯 2

A : 湖俊,那裡有幾個杯子?
B : 有七個杯子。
A : 那給我三個。
A : 你想喝什麼?
B : 請給我巧克力牛奶。

커피 두 잔 주세요,
第 10 課 請給我兩杯咖啡。

199

會話練習 3 ─詢問對方家住哪裡

A：집이 어디에 있어요？
基逼 喔低 A 衣蒐呦
ji.bi/o*.di.e/i.sso*.yo

B：우리 집은 청담동에 있어요．
烏里 機奔 機奔 聰丹懂 A 衣蒐呦
u.ri/ji.beun/cho*ng.dam.dong.e/i.sso*.yo

A：청담동 집값은 동대문보다 비싸요？
聰丹懂 幾嘎不神 童貼木波打 匹沙呦
cho*ng.dam.dong/jip.gap.sseun/dong.de*.mun.bo.
da/bi.ssa.yo

B：네，동대문보다 조금 비싸요．
內 同貼木恩波打 醜跟 匹沙呦
ne//dong.de*.mun.bo.da/jo.geum/bi.ssa.yo

A：와，이건 씨는 부자네요．
哇 衣拱 系能 撲渣內呦
wa//i.go*n/ssi.neun/bu.ja.ne.yo

 中譯 3

A：你家在哪裡？
B：我家在清潭洞。
A：清潭洞的房價比東大門貴吧？
B：對，比東大門貴一點。
A：哇，李健你是有錢人呢！

會話練習 4 — 介紹自己家人的職業

A：가족이 어떻게 되세요?
卡走可衣 喔豆 K 腿誰呦
ga.jo.gi/o*.do*.ke/dwe.se.yo

B：아버지, 어머니, 형 그리고 저 모두 네 명입니다.
阿波幾 喔摸你 呵呦 可李勾 醜 摸度 內 謬影你打
a.bo*.ji/o*.mo*.ni//hyo*ng/geu.ri.go/jo*/mo.du/ne/
myo*ng.im.ni.da

A：가족의 직업을 좀 소개하세요.
卡走給 寄狗噴 綜 蒐給哈誰呦
ga.jo.gui/ji.go*.beul/jjom/so.ge*.ha.se.yo

B：우리 아버지는 공무원이십니다.
烏里 阿波幾能 空木我你新你打
u.rl/a.bo*.ji.neun/gong.mu.wo.ni.sim.ni.da

B：어머니는 가정주부이십니다.
喔摸你能 卡宗祖撲衣新你打
o*.mo*.ni.neun/ga.jo*ng.ju.bu.i.sim.ni.da

中譯 4

A：請介紹你的家人。
B：我家有爸爸、媽媽、哥哥還有我,總共四個人。
A：請介紹你家人的職業。
B：我爸爸是公務員。
B：媽媽是家庭主婦。

커피 두 잔 주세요.
第10課 請給我兩杯咖啡。

1．拍了八張照片。
→   .

2．英文比韓文簡單。
→   .

3．從家裡到地鐵站很近。
→   .

4．我想打電話給女朋友。
→   .

5．奶奶在廚房做菜。
→   .

6．天氣冷。請你穿外套。
→   .

單字參考

찍다	拍（照）
寄打	jjik.da

외투	外套
尾吐	we.tu

第 11 課

한국어를 공부할 거예요.
我要學韓國語。

本文單字

놀이공원　遊樂園
樓里空我嗯　no.ri.gong.won

바베큐　烤肉
巴杯Q　ba.be.kyu

파티　派對
趴踢　pa.ti

한식집　韓式料理店
憨系擠不　han.sik.jjip

노래방　KTV、練歌房
樓累棒　no.re*.bang

넥타이　領帶
內踏衣　nek.ta.i

선배　前輩
松背　so*n.be*

약속　約束、約定
訝嗽　yak.ssok

이거　　這個 (이것的口語化用法)
衣狗　　i.go*

피곤하다　　疲累
匹宮哈打　　pi.gon.ha.da

죄송하다　　對不起
催松哈打　　jwe.song.ha.da

군대에 가다　　當兵、參軍
坤貼 A 卡打　　gun.de*.e/ga.da

결혼하다　　結婚
可呦兒龍哈打　　gyo*l.hon.ha.da

시키다　　點餐
西可衣打　　si.ki.da

잊다　　忘記
意打　　it.da

지각하다　　遲到
起嘎卡打　　ji.ga.ka.da

주무시다　　睡覺 (자다的敬語)
租木西打　　ju.mu.si.da

드시다　吃、喝（먹다、마시다的敬語）
特西打　deu.si.da

말하다　説
媽拉打　mal.ha.da

말씀하시다　説（말하다的敬語）
媽兒森哈西打　mal.sseum.ha.si.da

계시다　在（있다的敬語）
K西打　gye.si.da

조깅하다　慢跑
醜金哈打　jo.ging.ha.da

문을 열다　開門
目呢 呦兒打　mu.neul/yo*l.da

얘기하다　聊天、説
耶可衣哈打　ye*.gi.ha.da

탁구를 하다　桌球
踏古惹 哈打　tak.gu.reul/ha.da

데이트하다　約會
貼衣特哈打　de.i.teu.ha.da

 本文語法 1

動詞語幹＋ㄹ 거예요．
我要（做）…

解說：接在動詞語幹後方，主語是第一人稱（我）時，表示「未來的
計畫」或「個人意志」。主語是第二人稱（你）時，表示「詢問對方
未來的計劃」。

다음 달에 군대에 갈 거예요．
他恩 打累 坤貼 A 卡兒 溝耶呦
da.eum/da.re/gun.de*.e/gal/go*.ye.yo
下個月我要當兵。

다음 주 금요일에 일본에 갈 거예요．
他恩 租 肯謬衣累 衣兒崩 A 卡兒 溝耶呦
da.eum/ju/geu.myo.i.re/il.bo.ne/gal/go*.ye.yo
下周五我要去日本。

오늘 집에 돌아오지 않을 거예요．
歐呢 幾杯 投拉歐基 安呢 狗耶呦
o.neul/jji.be/do.ra.o.ji/a.neul/go*.ye.yo
今天我不會回家。

여름 휴가에 뭘 할 거예요？
呦冷 呵 U 嘎 A 摸兒 哈兒 溝耶呦
yo*.reum/hyu.ga.e/mwol/hal/go*.ye.yo
夏季休假你要做什麼？

 **本文語法 2**

> ### 語幹＋(으)면
> ### 如果…的話…

解說：接在動詞、形容詞或이다的語幹後方，表示條件或假設。

매우면 물을 마셔요.
妹烏謬 木惹 媽休呦
me*.u.myo*n/mu.reul/ma.syo*.yo
辣的話，就喝水。

시간이 있으면 같이 식사해요.
吸乾你 衣思謬 卡器 系沙黑呦
si.ga.ni/i.sseu.myo*n/ga.chi/sik.ssa.he*.yo
如果你有時間，一起吃飯吧。

머리가 아프면 약을 드세요.
摸里嘎 阿噴謬 呀哥 特誰呦
mo*.ri.ga/a.peu.myo*n/ya.geul/deu.se.yo
如果頭痛，就吃藥。

피곤하면 집에서 쉬세요.
匹跟哈謬 幾杯搜 噓誰呦
pi.gon.ha.myo*n/ji.be.so*/swi.se.yo
如果累了，就在家休息。

本文語法 3

動詞語幹＋지 맙시다 .
（我們）不要…吧。.

解説：(으) ㅂ시다的否定型態是「지 맙시다」，為禁止型勸誘句。

결혼하지 맙시다 .
可呦兒龍哈機 媽不系打
gyo*l.hon.ha.ji/map.ssi.da
我們不要結婚吧。

한국노래를 듣지 맙시다 .
憨估樓累惹 特幾 媽不西打
han.gung.no.re*.reul/deut.jji/map.ssi.da
我們不要聽韓文歌吧。

여기서 자지 맙시다 .
呦可衣搜 差雞 媽不西打
yo*.gi.so*/ja.ji/map.ssi.da
我們不要在這裡睡覺吧。

피자를 시키지 맙시다 .
匹渣惹 西可衣幾 媽不西打
pi.ja.reul/ssi.ki.ji/map.ssi.da
我們不要點披薩吧。

 本文語法 4

動詞語幹＋지 마세요.
請不要…。

解説：表示有禮貌地請求對方不要做某事。

저를 잊지 마세요.
醜惹 衣雞 媽誰呦
jo*.reul/it.jji/ma.se.yo
請不要忘記我。

다른 사람에게 얘기하지 마세요.
他冷 沙郎妹給 耶可衣哈雞 媽誰呦
da.reun/sa.ra.me.ge/ye*.gi.ha.ji/ma.se.yo
請不要跟其他人説。

수업 시간에 전화하지 마세요.
酥喔不 吸乾內 蟲花哈基 媽誰呦
su.o*p/si.ga.ne/jo*n.hwa.ha.ji/ma.se.yo
上課時間請不要講電話。

내일부터 지각하지 마세요.
內衣兒不透 七嘎卡雞 媽誰呦
ne*.il.bu.to*/ji.ga.ka.ji/ma.se.yo
明天開始請不要遲到。

 句型練習

언니가 방에서 자요 .
翁你嘎 旁Ａ蒐 差呦
o*n.ni.ga/bang.e.so*/ja.yo
姊姊在房間睡覺。

할머니가 방에서 주무세요 .
哈兒摸你嘎 旁Ａ蒐 租木誰呦
hal.mo*.ni.ga/bang.e.so*/ju.mu.se.yo
奶奶在房間睡覺。

오빠가 만두를 먹어요 .
歐爸嘎 蠻賭惹 摸狗呦
o.ba.ga/man.du.reul/mo*.go*.yo
哥哥吃水餃。

아버지가 만두를 드세요 .
阿波擠嘎 蠻賭惹 特誰呦
a.bo*.ji.ga/man.du.reul/deu.se.yo
爸爸吃水餃。

형이 차를 마셔요 .
呵呦衣 差惹 媽休呦
hyo*ng.i/cha.reul/ma.syo*.yo
哥哥喝茶。

할아버지가 차를 드세요 .
哈拉波幾嘎 差惹 特誰呦
ha.ra.bo*.ji.ga/cha.reul/deu.se.yo
爺爺喝茶。

학생이 말해요 .
哈先衣 馬兒黑呦
hak.sse*ng.i/mal.he*.yo
學生說話。

선생님이 말씀하세요 .
松先你咪 媽兒森哈誰呦
so*n.se*ng.ni.mi/mal.sseum.ha.se.yo
老師說話。

누나가 화장실에 있어요 .
努那嘎 花髒西累 衣蒐呦
nu.na.ga/hwa.jang.si.re/i.sso*.yo
姊姊在化妝室。

어머니가 화장실에 계세요 .
喔摸你嘎 花髒西累 給誰呦
o*.mo*.ni.ga/hwa.jang.si.re/gye.se.yo
媽媽在化妝室。

친구가 여기에 없어요 .
親古嘎 呦可衣 A 喔不蒐呦
chin.gu.ga/yo*.gi.e/o*p.sso*.yo
朋友不在這裡。

아저씨가 여기에 안 계세요 .
阿鄒系嘎 呦可衣 A 安 給誰呦
a.jo*.ssi.ga/yo*.gi.e/an/gye.se.yo
大叔不在這裡。

친구하고 쇼핑할 거예요 .
親估哈溝 休拼哈兒 狗耶呦
chin.gu.ha.go/syo.ping.hal/go*.ye.yo
要跟朋友去逛街。

주말에 영화를 볼 거예요 .
租媽累 庸花惹 波兒 狗耶呦
ju.ma.re/yo*ng.hwa.reul/bol/go*.ye.yo
週末要看電影。

일요일에 놀이공원에 갈 거예요 .
衣六衣累 樓里空我內 卡兒 溝耶呦
i.ryo.i.re/no.ri.gong.wo.ne/gal/go*.ye.yo
星期天要去遊樂園。

공원에서 조깅을 할 거예요 .
空我內蒐 醜金兒 哈兒 溝耶呦
gong.wo.ne.so*/jo.ging.eul/hal/go*.ye.yo
要在公園慢跑。

가족들하고 바베큐를 할 거예요 .
卡奏特兒哈溝 爸背Q惹 哈兒 溝耶呦
ga.jok.deul.ha.go/ba.be.kyu.reul/hal/go*.ye.yo
要跟家人烤肉。

생일에 파티를 할 거예요 .
先衣累 趴踢惹 哈兒 溝耶呦
se*ng.i.re/pa.ti.reul/hal/go*.ye.yo
生日要辦 Party。

날씨가 좋으면 바다에 갈 거예요 .
那兒系嘎 醜兒謬 趴打 A 卡兒 狗耶呦
nal.ssi.ga/jo.eu.myo*n/ba.da.e/gal/go*.ye.yo
如果天氣好，就去海邊。

비가 오면 집에 있을 거예요 .
匹嘎 歐謬 雞背 衣奢 狗耶呦
bi.ga/o.myo*n/ji.be/i.sseul/go*.ye.yo
下雨就待在家。

우리 한식집에 가지 맙시다 .
烏里 憨系擠背 卡基 媽不西打
u.ri/han.sik.jji.be/ga.ji/map.ssi.da
我們不要去韓式料理店吧。

우리 술을 마시지 맙시다 .
烏里 酥惹 媽西幾 媽不西打
u.ri/su.reul/ma.si.ji/map.ssi.da
我們不要喝酒吧。

문을 열지 마세요 .
木呢 呦兒幾 媽誰呦
mu.neul/yo*l.ji/ma.se.yo
請不要開門。

친구하고 얘기하지 마세요 .
親估哈溝 耶可衣哈幾 媽誰呦
chin.gu.ha.go/ye*.gi.ha.ji/ma.se.yo
請不要跟朋友聊天。

어디에 갈 거예요?
喔低 A 卡兒 溝耶呦
o*.di.e/gal/go*.ye.yo
你要去哪裡?

노래방에 갈 거예요.
樓累幫 A 卡兒 溝耶呦
no.re*.bang.e/gal/go*.ye.yo
我要去 KTV。

산에 갈까요?
山內 卡兒嘎呦
sa.ne/gal.ga.yo
要不要去山上?

산에 가지 맙시다. 바다에 갑시다.
山內 卡幾 媽不系打 趴打 A 卡不西打
sa.ne/ga.ji/map.ssi.da//ba.da.e/gap.ssi.da
我們不要去山上,我們去海邊吧。

여기에서 음식을 드시지 마세요.
呦可衣 A 蒐 恩系哥 特西基 媽誰呦
yo*.gi.e.so*/eum.si.geul/deu.si.ji/ma.se.yo
請不要在這裡飲食。

죄송합니다.
崔松憨你打
jwe.song.ham.ni.da
對不起。

 會話練習1－邀請他人一同去逛街

A：내일 저녁에 뭐 할 거예요?
內衣兒 醜妞給 摸 哈兒 溝耶呦
ne*.il/jo*.nyo*.ge/mwo/hal/go*.ye.yo

B：도서관에 갈 거예요.
投蒐館內 卡兒 狗耶呦
do.so*.gwa.ne/gal/go*.ye.yo

A：도서관에 가지 마세요.
投蒐館內 卡基 媽誰呦
do.so*.gwa.ne/ga.ji/ma.se.yo

A：나하고 같이 쇼핑합시다.
那哈溝 卡器 休拼哈不西打
na.ha.go/ga.chi/syo.ping.hap.ssi.da

B：쇼핑하지 맙시다. 공부합시다.
休拼哈基 媽不西打 空餔哈不西打
syo.ping.ha.ji/map.ssi.da//gong.bu.hap.ssi.da

 中譯1

A：你明天晚上要做什麼？
B：我要去圖書館。
A：你不要去圖書館。
A：跟我一起去逛街。
B：我們不要去逛街，一起念書吧。

 會話練習 2 — 詢問對方生日時的計劃

A : 창욱 씨 , 생일이 언제예요 ?
倉物 系 先衣里 翁賊耶呦
chang.uk/ssi//se*ng.i.ri/o*n.je.ye.yo

B : 칠월 오일이에요 .
七裸兒 歐衣李 A 呦
chi.rwol/o.i.ri.e.yo

A : 생일에 무엇을 할 거예요 ?
先衣累 木喔奢 哈兒 溝耶呦
se*ng.i.re/mu.o*.seul/hal/go*.ye.yo

B : 가족들하고 레스토랑에서 식사할 거예요 .
卡走特兒哈溝 累思頭狼 A 蒐 系沙哈兒 溝耶呦
ga.jok.deul.ha.go/re.seu.to.rang.e.so*/sik.ssa.hal/
go*.ye.yo

A : 생일 선물 뭐 받고 싶어요 ?
先衣累 松木兒 摸 怕溝 西波呦
se*ng.il/so*n.mul/mwo/bat.go/si.po*.yo

 中譯 2

> A：昌旭，你生日是什麼時候？
> B：七月五號。
> A：生日的時候你要做什麼？
> B：我要跟家人一起在餐廳用餐。
> A：生日禮物你想收到什麼？

會話練習 3 一詢問他人明天的計劃

A：내일 뭐 할 거예요?
內衣兒 摸 哈兒 溝耶呦
ne*.il/mwo/hal/go*.ye.yo

B：탁구를 할 거예요.
踏估惹 哈兒 溝耶呦
tak.gu.reul/hal/go*.ye.yo

A：누구하고 탁구를 할 거예요?
努估哈溝 踏古惹 哈兒 溝耶呦
nu.gu.ha.go/tak.gu.reul/hal/go*.ye.yo

B：회사 선배하고 탁구를 할 거예요.
灰沙 松杯哈溝 踏古惹 哈兒 溝耶呦
hwe.sa/so*n.be*.ha.go/tak.gu.reul/hal/go*.ye.yo

A：나도 같이 갈 수 있어요?
那豆 卡器 卡兒 酥 衣蒐呦
na.do/ga.chi/gal/ssu/i.sso*.yo

中譯 3

> A：你明天要做什麼？
> B：我要打桌球。
> A：你要跟誰打桌球？
> B：跟公司的前輩打桌球。
> A：我也可以一起去嗎？

 會話練習 4 －邀請他人一起去爬山

A：다음 주 일요일에 교회에 갈 거예요 ?

他恩 租 衣六衣累 可呦灰 A 卡兒 溝耶呦

da.eum/ju/i.ryo.i.re/gyo.hwe.e/gal/go*.ye.yo

B：아니요 , 교회에 가지 않을 거예요 .

阿你呦 可呦灰 A 卡雞 安呢 狗耶呦

a.ni.yo//gyo.hwe.e/ga.ji/a.neul/go*.ye.yo

A：교회에 안 가면 같이 등산을 할까요 ?

可呦灰 A 安 卡謬 卡器 登山呢 哈兒嘎呦

gyo.hwe.e/an/ga.myo*n/ga.chi/deung.sa.neul/hal.
ga.yo

B：미안해요 . 다른 약속이 있어요 .

咪安內呦 他冷 呀嗽 ki 衣蒐呦

mi.an.he*.yo//da.reun/yak.sso.gi/i.sso*.yo

B：여자친구하고 데이트할 거예요 .

呦渣親古哈溝 貼衣特哈兒 溝耶呦

yo*.ja.chin.gu.ha.go/de.i.teu.hal/go*.ye.yo

 中譯 4

A：下週日你要去教會嗎 ?
B：不，我不會去教會。
A：你不去教會的話，要不要一起去爬山 ?
B：對不起，我有其他的約了。
B：我要跟女朋友約會。

한국어를 공부할 거예요.
第11課 我要學韓國語。

1. 九月四日要學習第 11 課。

→ _____ .

2. 你明天不忙的話，一起看電影吧。

→ _____ .

3. 請不要喝太多酒。

→ _____ .

4. 我們不要搭公車，搭計程車吧。

→ _____ .

5. 社長，請吃這個。

→ _____ .

6. 你要在明天的運動會做什麼？

→ _____ ?

單字參考

택시	計程車
鐵系	te*k.ssi

운동회	運動會
温東灰	un.dong.hwe

第 12 課

오른쪽으로 가세요.
請往右走。

本文單字

앞　　前
阿不　ap

뒤　　後
推　dwi

옆　　旁邊
右不　yo*p

건너편　對面
恐樓匹呦　go*n.no*.pyo*n

오른쪽　右邊
歐冷走　o.reun.jjok

왼쪽　左邊
為恩走　wen.jjok

근처　附近
肯醜　geun.cho*

대사관　大使館
貼沙管　de*.sa.gwan

미용실　　美容院、美髮廳
咪庸西兒　mi.yong.sil

주차장　　停車場
租差髒　ju.cha.jang

경찰서　　　警察局
可呦恩擦兒蒐　gyo*ng.chal.sso*

안경점　　眼鏡店
安個呦總　an.gyo*ng.jo*m

버스정류장　　公車站
波思總溜髒　bo*.seu.jo*ng.nyu.jang

여행사　　旅行社
呦黑恩沙　yo*.he*ng.sa

꽃집　　花店
夠幾不　got.jjip

빵집　　麵包店
幫雞不　bang.jip

분식집　　小吃店、麵店
鋪系擠不　bun.sik.jjip

카네이션　康乃馨
卡內衣休嗯　ka.ne.i.syo*n

물건　物品、東西
目兒拱　mul.go*n

남대문시장　南大門市場（地名）
男貼木恩西髒　nam.de*.mun.si.jang

명동　明洞（地名）
謬兒東　myo*ng.dong

올라 가다　上去
歐兒拉 卡打　ol.la/ga.da

내려 가다　下去
內溜 卡打　ne*.ryo*/ga.da

환불하다　退款
歡部兒哈打　hwan.bul.ha.da

설거지하다　洗碗
蒐兒溝幾哈打　so*l.go*.ji.ha.da

모르다　不知道
摸了打　mo.reu.da

입원하다   住院
衣撥嗯哈打   i.bwon.ha.da

문병하다   探病
木恩標哈打   mun.byo*ng.ha.da

찾다   找尋
差打   chat.da

머리를 자르다   剪頭髮
摸里惹 差了打   mo*.ri.reul/jja.reu.da

시험을 보다   考試
西齁悶 波打   si.ho*.meul/bo.da

소포를 보내다   寄包裹
蒐波惹 波內打   so.po.reul/bo.ne*.da

마음이 아프다   心痛
媽恩咪 阿噴打   ma.eu.mi/a.peu.da

시험이 끝나다   考完試
西烘咪 跟那打   si.ho*.mi/geun.na.da

입맛이 없다   沒有胃口
銀媽西 喔不打   im.ma.si/o*p.da

本文語法 1

> **方向 + (으) 로**
>
> 往…

解説：接在表示地點或方向的名詞之後，表示行進的「方向」。有尾音的名詞接으로，無尾音的名詞接로。

어디로 가세요 ?
喔低囉 卡誰呦
o*.di.ro/ga.se.yo
您要往哪裡去？

이층으로 올라 가세요 .
衣層兒囉 歐兒拉 卡誰呦
i.cheung.eu.ro/ol.la/ga.se.yo
請上二樓。

지하일층으로 내려 가세요 .
七哈衣兒層兒囉 內六 卡誰呦
ji.ha.il.cheung.eu.ro/ne*.ryo*/ga.se.yo
請往地下一樓下去。

뒤로 가지 마세요 .
推囉 卡雞 媽誰呦
dwi.ro/ga.ji/ma.se.yo
請不要往後走。

 **本文語法 2**

動詞語幹＋（으）러
（去）…做某事

解說：接在動詞語幹後方，表示移動的「目的」。語幹有尾音接으러，語幹無尾音接러。

환불하러 백화점에 갔어요 .
歡不兒哈囉 配誇總妹 卡蒐呦.
hwan.bul.ha.ro*/be*.kwa.jo*.me/ga.sso*.yo
去百貨公司退費。

비자를 받으러 대사관에 가요 .
匹渣惹 趴的囉 貼沙館內 卡呦
bi.ja.reul/ba.deu.ro*/de*.sa.gwa.ne/ga.yo
去大使館辦簽證。

머리를 자르러 미용실에 왔어요 .
摸里惹 差了囉 咪庸西累 哇蒐呦
mo*.ri.reul/jja.reu.ro*/mi.yong.si.re/wa.sso*.yo
來美容院剪頭髮。

엄마가 야채하고 고기를 사러 시장에 가셨어요 .
翁媽嘎 呀脆哈狗 口可衣惹 沙囉 西髒 A 卡休蒐呦
o*m.ma.ga/ya.che*.ha.go/go.gi.reul/ssa.ro*/si.jang.e/
ga.syo*.sso*.yo
媽媽去市場買蔬菜和肉。

오른쪽으로 가세요.
第12課 請往右走。

本文語法 3

> ## 動詞語幹＋고
> ## 先…然後…

解說：接在動詞語幹後方，可用來列舉兩個以上的動作，表示動作的「先後順序」。

자고 일어났어요 .
差溝 衣囉那蒐呦
ja.go/i.ro*.na.sso*.yo
睡一覺起來了。

친구하고 술을 먹고 집에 갔어요 .
親估哈溝 酥惹 摸溝 幾杯 卡蒐呦
chin.gu.ha.go/su.reul/mo*k.go/ji.be/ga.sso*.yo
跟朋友喝完酒後，回家了。

시험을 보고 놀러 갔어요 .
西烘悶 波溝 樓兒囉 卡蒐呦
si.ho*.meul/bo.go/nol.lo*/ga.sso*.yo
考完試後，去玩了。

일을 하고 커피 한 잔 마셔요 .
衣惹 哈溝 扣匹 憨 髒 媽休呦
i.reul/ha.go/ko*.pi/han/jan/ma.syo*.yo
做工作之後，喝一杯咖啡。

 句型練習

주차장이 어디에 있어요 ?
租差髒衣 喔低 A 衣蒐呦
ju.cha.jang.i/o*.di.e/i.sso*.yo
請問停車場在哪裡 ?

주차장은 병원 뒤에 있어요 .
租差髒恩 飄我嗯 推 A 衣蒐呦
ju.cha.jang.eun/byo*ng.won/dwi.e/i.sso*.yo
停車場在醫院後面。

경찰서가 어디에 있어요 ?
可呦差兒蒐嘎 喔低 A 衣蒐呦
gyo*ng.chal.sso*.ga/o*.di.e/i.sso*.yo
請問警察局在哪裡 ?

은행 건너편에 있어요 .
恩黑恩 恐樓匹呦內 衣蒐呦
eun.he*ng/go*n.no*.pyo*.ne/i.sso*.yo
在銀行對面。

약국이 어디에 있어요 ?
呀古可衣 喔低 A 衣蒐呦
yak.gu.gi/o*.di.e/i.sso*.yo
請問藥局在哪裡 ?

안경점 옆에 있어요 .
安個呦總 呦配 衣蒐呦
an.gyo*ng.jo*m/yo*.pe/i.sso*.yo
在眼鏡店旁邊。

버스정류장이 어디에 있어요?
波思總溜髒衣 喔低 A 衣蔲呦
bo*.seu.jo*ng.nyu.jang.i/o*.di.e/i.sso*.yo
請問公車站在哪裡?

오른쪽으로 가세요.
喔冷走個囉 卡誰呦
o.reun.jjo.geu.ro/ga.se.yo
請你右轉。

기차역이 어디에 있어요?
可衣差又可衣 喔低 A 衣蔲呦
gi.cha.yo*.gi/o*.di.e/i.sso*.yo
請問火車站在哪裡?

좌회전하세요.
抓灰總哈誰呦
jwa.hwe.jo*n.ha.se.yo
請你左轉。

연세대학교가 어디에 있어요?
庸誰貼哈個呦嘎 喔低 A 衣蔲呦
yo*n.se.de*.hak.gyo.ga/o*.di.e/i.sso*.yo
請問延世大學在哪裡?

왼쪽으로 쭉 가세요.
為走哥囉 租 卡誰呦
wen.jjo.geu.ro/jjuk/ga.se.yo
請你一直往左邊走。

책을 빌리러 도서관에 가요 .
翠哥 匹兒里囉 投蒐管內 卡呦
che*.geul/bil.li.ro*/do.so*.gwa.ne/ga.yo
去圖書館借書。

비행기표를 사러 여행사에 가요 .
匹黑恩可衣匹呦惹 沙囉 呦黑恩沙 A 卡呦
bi.he*ng.gi.pyo.reul/ssa.ro*/yo*.he*ng.sa.e/ga.yo
去旅行社買機票。

포도를 사러 과일가게에 갑니다 .
波偷惹 沙囉 垮衣兒卡給 A 砍你打
po.do.reul/ssa.ro*/gwa.il.ga.ge.e/gam.ni.da
去水果店買葡萄。

카네이션을 사러 꽃집에 옵니다 .
卡內衣休呢 沙囉 夠幾杯 翁你打
ka.ne.i.syo*.neul/ssa.ro*/got.jji.be/om.ni.da
來花店買康乃馨。

나정 씨를 만나러 여기에 왔어요 .
那縱 系惹 蠻那囉 呦可衣 A 哇蒐呦
na.jo*ng/ssi.reul/man.na.ro*/yo*.gi.e/wa.sso*.yo
我來這裡見娜靜。

소포를 보내러 우체국에 갔어요 .
蒐波惹 波內囉 烏雌耶古給 卡蒐呦
so.po.reul/bo.ne*.ro*/u.che.gu.ge/ga.sso*.yo
去郵局寄包裹了。

아침에 세수를 하고 아침식사를 했어요.
阿七妹 誰酥惹 哈溝 阿欽系沙惹 黑蒐呦
a.chi.me/se.su.reul/ha.go/a.chim.sik.ssa.reul/he*.sso*.yo
早上洗臉之後吃了早餐。

점심에 동료들하고 밥을 먹고 은행에 갔어요.
寵西妹 同溜的哈溝 怕波 摸夠 恩嘿A卡搜呦
jo*m.si.me/dong.nyo.deul.ha.go/ba.beul/mo*k.go/eun.
he*ng.e/ga.sso*.yo
中午跟同事們吃完飯後去了銀行。

오후에 회의를 하고 퇴근했어요.
歐乎A 灰衣惹 哈溝 推跟黑蒐呦
o.hu.e/hwe.ui.reul/ha.go/twe.geun.he*.sso*.yo
下午開完會後下班了。

집에 가면 요리를 하고 설거지를 했어요.
雞杯 卡謬 呦里惹 哈溝 蒐兒溝擠惹 黑蒐呦
ji.be/ga.myo*n/yo.ri.reul/ha.go/so*l.go*.ji.reul/he*.sso*.yo
回家之後，煮完飯後洗碗。

저녁에 청소를 하고 샤워했어요.
醜妞給 聰叟惹 哈溝 蝦我黑蒐呦
jo*.nyo*.ge/cho*ng.so.reul/ha.go/sya.wo.he*.sso*.yo
傍晚打掃完後洗了澡。

밤에 드라마를 보고 잤어요.
盤妹 特拉媽惹 波溝 差蒐呦
ba.me/deu.ra.ma.reul/bo.go/ja.sso*.yo
晚上看完連續劇後睡覺了。

왜 놀러 안 가요?
為 樓兒囉 安 卡呦
we*/nol.lo*/an/ga.yo
你為什麼不去玩？

일이 많아서 놀러 갈 수 없어요.
衣里 蠻那蒐 樓兒囉 卡兒 酥 喔不蒐呦
i.ri/ma.na.so*/nol.lo*/gal/ssu/o*p.sso*.yo
因為工作很多，不能出去玩。

왜 울어요?
為 烏囉呦
we*/u.ro*.yo
你為什麼哭呢？

남자친구하고 헤어져서 마음이 아파요.
男渣親古哈溝 黑喔救蒐 媽恩咪 阿怕呦
nam.ja.chin.gu.ha.go/he.o*.jo*.so*/ma.eu.mi/a.pa.yo
因為跟男朋友分手，所以難過。

왜 한국 영화를 안 봐요?
為 憨估 庸花惹 安 怕呦
we*/han.guk/yo*ng.hwa.reul/an/bwa.yo
你為什麼不看韓國電影？

한국어를 몰라서 안 봐요.
憨估狗惹 摸兒拉蒐 安 怕呦
han.gu.go*.reul/mol.la.so*/an/bwa.yo
因為不懂韓文，所以不看。

會話練習 1 ─ 詢問目的地的遠近

A：남대문시장이 어디에 있어요？
男貼木恩西髒衣 喔低 A 衣蒐呦
nam.de*.mun.si.jang.i/o*.di.e/i.sso*.yo

B：남대문시장은 명동 근처에 있어요 .
男貼木恩西髒恩 謬恩東 肯醜 A 衣蒐呦
nam.de*.mun.si.jang.eun/myo*ng.dong/geun.cho*.
e/i.sso*.yo

A：여기서 남대문시장까지 가까워요？
呦可衣蒐 南貼木恩西髒嘎幾 卡嘎我呦
yo*.gi.so*/nam.de*.mun.si.jang.ga.ji/ga.ga.wo.yo

B：네 , 멀지 않아요 .
內 摸兒幾 阿那呦
ne//mo*l.ji/a.na.yo

B：무엇을 하러 남대문시장에 가요？
木喔奢 哈囉 男貼目西髒 A 卡呦
mu.o*.seul/ha.ro*/nam.de*.mun.si.jang.e/ga.yo

中譯 1

A：請問南大門市場在哪裡？
B：南大門市場在明洞附近。
A：從這裡到南大門市場很近嗎？
B：不遠。
B：你去南大門市場做什麼？

會話練習 2 ─ 詢問店家的位置

A：실례합니다 . 빵집이 어디입니까 ?
西兒累憨你打 幫幾逼 喔低影你嘎
sil.lye.ham.ni.da//bang.ji.bi/o*.di.im.ni.ga

B：지하 2 층으로 가세요 .
七哈衣層兒囉 卡誰呦
ji.ha/i.cheung.eu.ro/ga.se.yo

A：고맙습니다 . 엘리베이터는 어느 쪽입니까 ?
口媽不森你打 A 兒里背衣投能 喔呢 奏影你嘎
go.map.sseum.ni.da//el.li.be.i.to*.neun/o*.neu/jjo.
gim.ni.ga

B：오른쪽으로 가면 있습니다 .
歐冷走哥囉 卡謬 衣森你打
o.reun.jjo.geu.ro/ga.myo*n/it.sseum.ni.da

中譯 2

> A：不好意思，請問麵包店在哪裡？
> B：請您往地下二樓的方向走。
> A：謝謝，電梯在哪一邊？
> B：往右走，就是了。

 會話練習 3－詢問他人去醫院的理由

A：내일 뭐 할 거예요?
內衣兒 摸 哈兒 狗耶呦
ne*.il/mwo/hal/go*.ye.yo

B：고향 친구를 만나고 병원에 갈 거예요.
口呵羊 親估惹 蠻那溝 飄我內 卡兒 溝耶呦
go.hyang/chin.gu.reul/man.na.go/byo*ng.wo.ne/
gal/go*.ye.yo

A：무엇을 하러 병원에 갈 거예요?
木喔奢 哈囉 飄我內 卡兒 溝耶呦
mu.o*.seul/ha.ro*/byo*ng.wo.ne/gal/go*.ye.yo

B：우리 할아버지가 입원하셨어요.
烏里 哈拉波幾嘎 衣撥恩哈休蒐呦
u.ri/ha.ra.bo*.ji.ga/i.bwon.ha.syo*.sso*.yo

B：어머니하고 같이 문병하러 갈 거예요.
喔摸你哈溝 卡器 木恩標哈囉 卡兒 溝耶呦
o*.mo*.ni.ha.go/ga.chi/mun.byo*ng.ha.ro*/gal/go*.
ye.yo

中譯 3

A：你明天要做什麼？
B：我要見故鄉的朋友，然後再去醫院。
A：你去醫院做什麼？
B：我爺爺住院了。
B：我要跟媽媽一起去探病。

菜韓文
基礎實用篇

會話練習 4 一詢問考試時間

A：내일 기말시험이 몇 시부터 몇 시까지야 ?
內衣兒 可衣媽兒西夠咪 謬 系餔投 謬 系嘎幾呀
ne*.il/gi.mal.ssi.ho*.mi/myo*t/si.bu.to*/myo*t/si.ga.ji.
ya

B：오전 열 시부터 오후 세 시까지예요 .
歐總 呦兒 西餔投 歐乎 誰 西嘎雞耶呦
o.jo*n/yo*l/si.bu.to*/o.hu/se/si.ga.ji.ye.yo

A：시험이 끝나면 뭘 해 ?
西夠咪 跟那謬恩 摸兒 黑
si.ho*.mi/geun.na.myo*n/mwol/he*

B：반친구들하고 술을 먹고 노래방에 가요 .
盤親估特哈溝 酥惹 末溝 樓累幫 A 卡呦
ban.chin.gu.deul.ha.go/su.reul/mo*k.go/no.re*.
bang.e/ga.yo

A：집에 너무 늦게 오지 마 .
雞杯 樓木 呢給 歐雞 媽
ji.be/no*.mu/neut.ge/o.ji/ma

中譯 4

A：明天的期末考是從幾點到幾點？
B：從上午十點到下午三點。
A：考試結束後你要做什麼？
B：我要跟班上朋友一起喝酒，然後去練歌房。
A：不要太晚回家。

---

1 往前走有百貨公司。

→ _____ .

2 去小吃店吃辣炒年糕。

→ _____ .

3 你為什麼不吃飯？

→ _____ ?

4 因為感冒，沒有胃口。

→ _____ .

5 我們吃完晚餐要做什麼？

→ _____ ?

6 我們吃完飯去找哥哥吧。

→ _____ .

單字參考

백화점	百貨公司
配誇總	be*.kwa.jo*m

떡볶이	辣炒年糕
豆波個衣	do*k.bo.gi

第 13 課

한 번 해 보세요.
您試試看吧。

本文單字

경찰서　　警察局
可庸擦兒搜　gyo*ng.chal.sso*

바로　　馬上、立即
趴囉　ba.ro

꼭　　一定
夠　gok

먼저　　先
盟奏　mo*n.jo*

가방을 들다　　拿包包
卡邦兒 特打　ga.bang.eul/deul.da

답장하다　　回信、回答
他不髒哈打　dap.jjang.ha.da

목이 마르다　　口渴
摸可衣 媽了打　mo.gi/ma.reu.da

얘기하다　　說、聊天
耶可衣哈打　ye*.gi.ha.da

菜韓文
基礎實用篇

곰인형　　熊娃娃、玩具熊
空銀呵呦　go.min.hyo*ng

사진을 찍다　　拍照
沙金呢 寄打　　sa.ji.neul/jjik.da

사인하다　　簽名
沙銀哈打　　sa.in.ha.da

새　　新的
誰　　se*

반찬　　菜餚、小菜
盤慘　　ban.chan

종이상자　　紙箱
宗衣商渣　　jong.i.sang.ja

열다　　打開
呦兒打　　yo*l.da

코트　　外衣、大衣
扣特　　ko.teu

고르다　　挑選、選擇
口了打　　go.reu.da

급하다　急、緊急
可趴打　geu.pa.da

조용히　安靜地
醜庸衣　jo.yong.hi

현금　現金
呵呦跟　hyo*n.geum

쪽지시험　小考
奏基西烘　jjok.jji.si.ho*m

재료　材料、食材
賊溜　je*.ryo

청바지　牛仔褲
聰巴幾　cho*ng.ba.ji

꽃이 피다　花開
溝七匹打　go.chi/pi.da

활짝　盛開的樣子
花兒炸　hwal.jjak

빙수　刨冰
拼酥　bing.su

 本文語法 1

> 動詞語幹＋아／어 보다
> 試著…

解說：接在動詞語幹後方，表示試著做看看某一行為。

경찰서에 가 보세요 .
可呦恩擦兒蒐 A 卡 波誰呦
gyo*ng.chal.sso*.e/ga/bo.se.yo
您去警察局看看吧。

경찰서에 가 봤어요 .
可呦恩擦兒蒐 A 卡 爸蒐呦
gyo*ng.chal.sso*.e/ga/bwa.sso*.yo
我去過警察局了。

이 소설책을 읽어 보세요 .
衣 搜搜兒翠哥 衣兒溝 波誰呦
i/so.so*l.che*.geul/il.go*/bo.se.yo
您讀看看這本小說吧。

이 소설책을 읽어 봤어요 .
衣搜搜兒翠哥 衣兒溝 怕搜呦
i/so.so*l.che*.geul/il.go*/bwa.sso*.yo
這本小說我看過了。

 本文語法 2

動詞語幹＋겠
我要…／我會…

解説： 接在動詞語幹後方，主語是第一人稱（我）時，表示「未來意志」。

지금 바로 가겠습니다 .
七跟 怕囉 卡給森你打
ji.geum/ba.ro/ga.get.sseum.ni.da
我現在馬上過去。

꼭 도와 드리겠습니다 .
夠 投哇 特里給森你打
gok/do.wa/deu.ri.get.sseum.ni.da
我一定會幫助你。

여기서 일하겠어요 .
呦可衣搜 衣兒哈給蒐呦
yo*.gi.so*/il.ha.ge.sso*.yo
我要在這裡工作。

제가 먼저 하겠습니다 .
賊嘎 盟走 哈給森你打
je.ga/mo*n.jo*/ha.get.sseum.ni.da
我先來（做）。

 **本文語法 3**

> ## 動詞語幹＋(으)시겠어요？
> ## 您要…？

解說： 接在動詞語幹後方，主要用於有禮貌地詢問對方的意願，或尋求他人幫助時。

언제 가시겠어요？
翁賊 卡西給蒐呦
o*n.je/ga.si.ge.sso*.yo
您什麼時候要去？

커피 한 잔 하시겠어요？
扣匹 憨 髒 哈西給蒐呦
ko*.pi/han/jan/ha.si.ge.sso*.yo
您要喝杯咖啡嗎？

가방 좀 들어 주시겠어요？
卡邦 綜 特囉 租西給蒐呦
ga.bang/jom/deu.ro*/ju.si.ge.sso*.yo
可以幫我拿包包嗎？

빨리 답장해 주시겠어요？
爸兒里 塔髒黑 租西給蒐呦
bal.li/dap.jjang.he*/ju.si.ge.sso*.yo
可以快一點答覆我嗎？

 本文語法 4

語幹＋지요？
~吧？

解説：當作疑問句使用時，表示説話者為了向聽話者確認雙方（可能）已經知道的事實內容。지요的縮寫用法是「죠」。

숙제가 많지요？네, 많아요.
速賊嘎 蠻起呦 內 媽那呦
suk.jje.ga/man.chi.yo//ne//ma.na.yo
作業很多吧？對，很多。

시험을 잘 봤죠？네, 잘 봤어요.
西烘悶 差兒 怕救 內 差兒 怕搜呦
si.ho*.meul/jjal/bwat.jjyo//ne//jal/bwa.sso*.yo
考試有考好吧？有，有考好。

여자친구를 만나러 가죠？네, 만나러 가요.
呦渣親估惹 蠻那囉 卡救 內 蠻那囉 卡呦
yo*.ja.chin.gu.reul/man.na.ro*/ga.jyo//ne//man.na.ro*/ga.yo
你要去見女朋友吧？對，要去見她。

오늘 참 따뜻하죠？네, 따뜻해요.
歐呢 餐 搭特塔救 內 搭特貼呦
o.neul/cham/da.deu.ta.jyo//ne//da.deu.te*.yo
今天真的很温暖，對吧？對，很温暖。

 本文語法 5

語幹＋(으)니까
因為…所以…

解說：接在動詞、形容詞語幹後方，表示理由或判斷的依據。經常會與命令句或勸誘句一同使用。

목이 마르니까 물 좀 주세요 .

摸可衣 媽了你嘎 目兒 綜 租誰呦

mo.gi/ma.reu.ni.ga/mul/jom/ju.se.yo

口很渴，請給我水喝。

시간이 없으니까 택시를 타고 가요 .

西乾你 喔思你嘎 貼系惹 他溝 卡呦

si.ga.ni/o*p.sseu.ni.ga/te*k.ssi.reul/ta.go/ga.yo

沒有時間，我們搭計程車去吧。

지금 바쁘니까 내일 얘기합시다 .

七跟 怕波你嘎 內衣兒 耶可衣憨不西打

ji.geum/ba.beu.ni.ga/ne*.il/yc*.gi.hap.ssi.da

現在很忙，我們明天再聊吧。

내일 수업이 있으니까 학교에 오세요 .

內衣兒 酥喔逼 衣思你嘎 哈個呦 A 歐誰呦

ne*.il/su.o*.bi/i.sseu.ni.ga/hak.gyo.e/o.se.yo

明天有課，請你過來學校。

 **本文語法 6**

動詞語幹＋아 / 어 주다
為…做…

解說：接在動詞語幹後方，表示「為某人做某事」。

여기에 사인해 주세요 .
呦可衣 A 沙銀黑 租誰呦
yo*.gi.e/sa.in.he*/ju.se.yo
請在這裡簽名。

아빠 , 곰인형 좀 사 주세요 .
阿爸 空民呵呦 綜 沙租誰呦
a.ba//go.min.hyo*ng/jom/sa/ju.se.yo
爸，請買熊娃娃給我。

사진 좀 찍어 주세요 .
沙金 綜 寄溝 租誰呦
sa.jin/jom/jji.go*/ju.se.yo
請幫我拍照。

한국어 좀 가르쳐 주시겠어요 ?
憨估狗 綜 卡了秋 租西給蒐呦
han.gu.go*/jom/ga.reu.cho*/ju.si.ge.sso*.yo
您可以教我韓國語嗎？

 句型練習

새 옷을 입어 봐요 .
誰 歐奢 衣波 怕呦
se*/o.seul/i.bo*/bwa.yo
穿看看新衣服。

부모님께 전화해 보세요 .
鋪摸您給 重花黑 波誰呦
bu.mo.nim.ge/jo*n.hwa.he*/bo.se.yo
請打電話給父母親看看吧。

한국어로 말해 보세요 .
憨估溝囉 媽兒黑 波誰呦
han.gu.go*.ro/mal.he*/bo.se.yo
請用韓語説看看。

이 반찬 좀 드셔 보십시오 .
衣 盤慘 綜 特休 波西部西休
i/ban.chan/jom/deu.syo*/bo.sip.ssi.o
請嚐看看這逌小菜。

십분만 더 기다려 봅시다 .
系鋪彎 投 可衣搭溜 波不西打
sip.bun.man/do*/gi.da.ryo*/bop.ssi.da
我們再等十分鐘看看吧。

그 종이상자 좀 열어 봐요 .
可 宗衣商渣 綜 呦囉 怕呦
geu/jong.i.sang.ja/jom/yo*.ro/bwa.yo
打開那個紙箱看看吧。

한복을 입어 보고 싶어요 .
憨波哥 衣波 波溝 西波呦
han.bo.geul/i.bo*/bo.go/si.po*.yo
我想穿看看韓服。

작년에 제주도에 가 봤어요 .
差妞內 賊租豆 A 卡 巴搜呦
jang.nyo*.ne/je.ju.do.e/ga/bwa.sso*.yo
我去年去過濟州島了。

박 여사님을 만나 봤어요 .
怕 呦沙你悶 蠻那 怕搜呦
bak/yo*.sa.ni.meul/man.na/bwa.sso*.yo
我見過朴女士了。

그 코트를 입어 봤어요 . 너무 커요 .
可 扣特惹 衣波 怕搜呦 樓木 扣呦
geu/ko.teu.reul/i.bo*/bwa.sso*.yo//no*.mu/ko*.yo
那件大衣我試穿過了，很大件。

한국 소주를 마셔 봤어요 . 써요 .
憨估 搜租惹 媽休 怕搜呦 嗽呦
han.guk/so.ju.reul/ma.syo*/bwa.sso*.yo//sso*.yo
我喝過韓國燒酒，很苦。

준영 씨한테 전화해 봤어요 ? 네 , 전화해 봤어요 .
尊庸 系憨貼 重花黑 怕搜呦 內 寵花黑 怕搜呦
ju.nyo*ng/ssi.han.te/jo*n.hwa.he*/bwa.sso*.yo//ne//jo*n.
hwa.he*/bwa.sso*.yo
你有打電話給俊英嗎？有，打過了。

무슨 색을 고르시겠어요?
木身 誰哥 口了西給蒐呦
mu.seun/se*.geul/go.reu.si.ge.sso*.yo
您要選什麼顏色?

빨간색을 고르겠어요.
爸兒乾誰哥 口了給蒐呦
bal.gan.se*.geul/go.reu.ge.sso*.yo
我要選紅色。

무엇을 드시겠어요?
目喔奢 特西給蒐呦
mu.o*.seul/deu.si.ge.sso*.yo
您要吃什麼?

비빔냉면을 먹겠어요.
匹賓累謬呢 末給蒐呦
bi.bim.ne*ng.myo*.neul/mo*k.ge.sso*.yo
我要吃拌冷麵。

어디에 가시겠어요?
喔低 A 卡西給蒐呦
o.di.e/ga.si.ge.sso*.yo
您要去哪裡?

동대문시장에 가겠어요.
同貼目西髒 A 卡給蒐呦
dong.de*.mun.si.jang.e/ga.ge.sso*.yo
我要去東大門市場。

누구하고 같이 오시겠어요?
努估哈溝 卡器 歐西給蒐呦
nu.gu.ha.go/ga.chi/o.si.ge.sso*.yo
您要跟誰一起來?

우리 남편하고 같이 오겠어요.
烏里 男匹呦哈溝 卡器 歐給蒐呦
u.ri/nam.pyo*n.ha.go/ga.chi/o.ge.sso*.yo
我要跟我老公一起來。

저녁에 뭘 하시겠어요?
醜妞給 摸兒 哈西給蒐呦
jo*.nyo*.ge/mwol/ha.si.ge.sso*.yo
您晚上要做什麼?

집에서 한국어 공부하겠어요.
基杯搜 憨估溝 空舖哈給蒐呦
ji.be.so*/han.gu.go*/gong.bu.ha.ge.sso*.yo
我要在家裡念韓文。

돈이 있으면 무엇을 사시겠어요?
同你 衣思謬 目喔奢 沙西給蒐呦
do.ni/i.sseu.myo*n/mu.o*.seul/ssa.si.ge.sso*.yo
你有錢的話,想買什麼?

새차를 사겠어요.
誰差惹 沙給蒐呦
se*.cha.reul/ssa.ge.sso*.yo
我要買新車。

급하니까 빨리 와 주세요.
可怕你嘎 爸兒里 哇 租誰呦
geu.pa.ni.ga/bal.li/wa/ju.se.yo
很急,請你快點過來。

지금 수업 중이니까 조용히 하세요.
七跟 酥喔不 尊衣你嘎 醜庸衣 哈誰呦
ji.geum/su.o*p/jung.i.ni.ga/jo.yong.hi/ha.se.yo
現在在上課,請你安靜。

손님이 많으니까 잠깐만 기다려 주십시오.
松你咪 蠻呢你嘎 禪乾蠻 可衣打溜 租西不休
son.ni.mi/ma.neu.ni.ga/jam.gan.man/gi.da.ryo*/ju.sip.ssi.o
客人很多,請您稍等一會。

숙제가 어려우니까 도와 줘요.
速賊嘎 喔溜烏你嘎 投哇 左呦
suk.jje.ga/o*.ryo*.u.ni.ga/do.wa/jwo.yo
作業很難,幫幫我吧。

배가 고프니까 밥 좀 사 줘요.
培嘎 口噴你嘎 怕不 綜 沙 左呦
be*.ga/go.peu.ni.ga/bap/jom/sa/jwo.yo
肚了很餓,賞飯給我吃。

현금이 없으니까 카드로 계산해 주세요.
呵呦跟咪 喔思你嘎 卡特囉 K 刪內 租誰呦
hyo*n.geu.mi/o*p.sseu.ni.ga/ka.deu.ro/gye.san.he*/ju.se.yo
現在沒有現金,請幫我刷卡。

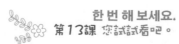

너무 추우니까 창문 좀 닫아 줘요 .
樓目 粗烏你嘎 倉木恩 綜 塔答 左呦
no*.mu/chu.u.ni.ga/chang.mun/jom/da.da/jwo.yo
太冷了，請把窗戶關上。

영어 쪽지시험이 있으니까 공부합시다 .
庸喔 鄒幾西烘咪 衣思你嘎 空舖憨不西打
yo*ng.o*/jjok.jji.si.ho*.mi/i.sseu.ni.ga/gong.bu.hap.ssi.da
有英文小考，我們念書吧。

수업이 다 끝났으니까 놀러 갑시다 .
酥喔逼 他 跟那思你嘎 樓兒囉 卡不西打
su.o*.bi/da/geun.na.sseu.ni.ga/nol.lo*/gap.ssi.da
課都結束了，我們去玩吧。

날씨가 더우니까 아이스크림을 먹자 .
那兒系嘎 投烏你嘎 阿衣思可凜悶 末渣
nal.ssi.ga/do*.u.ni.ga/a.i.seu.keu.ri.meul/mo*k.jja
天氣熱，我們吃冰淇淋吧。

전화번호를 모르니까 다른 친구한테 물어보자 .
重花朋鵡惹 摸了你嘎 他冷 親估憨貼 木囉波渣
jo*n.hwa.bo*n.ho.reul/mo.reu.ni.ga/da.reun/chin.gu.han.
te/mu.ro*.bo.ja
不知道電話號碼，我們問看看其他朋友吧。

냉장고에 재료가 없으니까 나가서 먹자 .
累髒口Ａ 賊溜嘎 喔思你嘎 那卡搜 末渣
ne*ng.jang.go.e/je*.ryo.ga/o*p.sseu.ni.ga/na.ga.so*/
mo*k.jja
冰箱裡沒有食材了，我們出去吃吧。

會話練習 1 －挑選牛仔褲時

A：여기 청바지도 팝니까?
呦可衣 聰巴幾豆 盤你嘎
yo*.gi/cho*ng.ba.ji.do/pam.ni.ga

B：여기 있습니다 . 한 번 입어 보세요 .
呦可衣 衣森你打 憨 崩 衣波 頗誰呦
yo*.gi/it.sseum.ni.da//han/bo*n/i.bo*/bo.se.yo

B：그 바지를 사시겠어요?
可 趴幾惹 沙西給蒐呦
geu/ba.ji.reul/ssa.si.ge.sso*.yo

A：아니요 . 입어 봤는데 너무 작아요 .
阿你呦 衣波 盤能貼 樓目 差嘎呦
a.ni.yo//i.bo*/bwan.neun.de/no*.mu/ja.ga.yo

B：더 큰 사이즈 있어요 . 보여 드릴까요?
投 坑 沙衣資 衣搜呦 波呦 特里兒嘎呦
do*/keun/sa.i.jeu/i.sso*.yo//bo.yo*/deu.ril.ga.yo

 中譯 1

A：這裡也有賣牛仔褲嗎?
B：在這裡,請您試穿看看。
B：您要買那件牛仔褲嗎?
A：不,我試穿過,太小了。
B：有更大一點的尺寸,要拿給您看嗎?

 會話練習 2 ─ 談論汝矣島的櫻花

A : 여의도에 가 봤어요?
呦衣豆Ａ卡 怕搜呦
yo*.ui.do.e/ga/bwa.sso*.yo

B : 네 , 어제 가 봤어요 .
內 喔賊 卡 趴搜呦
ne//o*.je/ga/bwa.sso*.yo

A : 어땠어요? 벚꽃이 다 피었어요?
喔貼蔻呦 波夠七 他 匹喔搜呦
o*.de*.sso*.yo//bo*t.go.chi/da/pi.o*.sso*.yo

B : 벚꽃이 활짝 피었죠 .
波夠漆 花兒渣 匹喔救
bo*t.go.chi/hwal.jjak/pi.o*t.jjyo

A : 사진 안 찍었어요?
沙金 安 寄溝搜呦
sa.jin/an/jji.go*.sso*.yo

 中譯 2

> A：你去過汝矣島了嗎?
> B：昨天去過了。
> A：怎麼樣?櫻花都開了嗎?
> B：櫻花都盛開了。
> A：你沒有拍照嗎?

 會話練習 3 －討論晚餐吃什麼

A : 곧 저녁을 먹어야 하니까 빙수는 먹지 말자.
口 醜妞哥 摸溝呀 哈你嘎 拼酥能 末雞 媽兒渣
got/jo*.nyo*.geul/mo*.go*.ya/ha.ni.ga/bing.su.
neun/mo*k.jji/mal.jja

B : 알았디. 저녁에 뭘 먹을까?
阿拉打 醜妞給 摸兒 摸哥嘎
a.rat.da//jo*.nyo*.ge/mwol/mo*.geul.ga

A : 어제 일본요리를 먹었으니까 오늘 한국요리를 먹자.
喔賊 衣兒崩呦里惹 摸溝思你嘎 歐呢 憨估呦里惹 莫扎
o*.je/il.bo.nyo.ri.reul/mo*.go*.sseu.ni.ga/o.neul/han.
gu.gyo.ri.reul/mo*k.jja

B : 좋지. 우리 밥 먹고 뭘 할 거야?
醜七 烏里 怕不 末溝 摸兒 哈兒 狗呀
jo.chi//u.ri/bap/mo*k.go/mwol/hal/go*.ya

A : 살 게 있으니까 같이 마트에 가자.
沙兒 給 衣思你嘎 卡器 媽特 Ａ 卡渣
sal/ge/i.sseu.ni.ga/ga.chi/ma.teu.e/ga.ja

 中譯 3

A : 馬上就要吃晚餐了,我們不要吃刨冰吧。
B : 知道了,晚上要吃什麼?
A : 昨天吃過日本料理,今天吃韓國菜吧。
B : 好啊,我們吃完飯後要做什麼?
A : 我有要買的東西,一起去超市吧。

1. 這頂帽子很可愛吧？你戴戴看吧。
→ _____ .

2. 你有搭過遊覽船嗎？
→ _____ ?

3. 您去韓國要住在哪裡呢？
→ _____ ?

4. 如果去留學，我要住在都市。
→ _____ .

5. 請借我手機。
→ _____ .

6. 現在沒有位子，請您等 10 分鐘左右。
→ _____ .

單字參考

귀엽다	可愛
鬼呦不打	gwi.yo*p.da

유람선	遊覽船
U 郎悚	yu.ram.so*n

第14課

그 사람을 못 잊어요.
忘不了那個人。

本文單字

생선　魚、鮮魚
先松　se*ng.so*n

잘하다　擅長、做得好
差兒哈打　jal.ha.da

못하다　不擅長、不會做
摸她打　mo.ta.da

피망　青椒、甜椒
匹莽　pi.mang

다른　其他的、別的
他冷　da.reun

한자　漢字
憨炸　han.ja

키가 작다　個子矮
可衣嘎 差打　ki.ga/jak.da

키가 크다　個子高
可衣嘎 坑打　ki.ga/keu.da

시골　　鄉下、農村
西狗兒　si.gol

시끄럽다　　吵雜、吵鬧
西哥囉不打　si.geu.ro*p.da

조용하다　　安靜、文靜
醜庸哈打　jo.yong.ha.da

파티를 하다　　辦派對
趴梯惹 哈打　pa.ti.reul/ha.da

힘내다　　使力、努力、加油
呵衣恩內打　him.ne*.da

응원하다　　應援、加油
恩我恩哈打　eung.won.ha.da

전화를 받다　　接電話
寵花惹 怕打　jo*n.hwa.reul/bat.da

앞으로　　以後、將來
阿噴囉　a.peu.ro

배부르다　　吃飽、肚子飽
陪鋪了打　be*.bu.reu.da

답장　回信、回覆
塔不髒　dap.jjang

혼나다　被罵、挨訓
烘那打　hon.na.da

교복　校服
可呦不　gyo.bok

냄새를 맡다　聞味道
累誰惹 罵打　ne*m.se*.reul/mat.da

순간　瞬間
孫趕　sun.gan

성공하다　成功
松宮哈打　so*ng.gong.ha.da

뚱뚱하다　肥胖
敦敦哈打　dung.dung.ha.da

도시락　便當
投希辣　do.si.rak

눕다　躺
怒不打　nup.da

菜韓文
基礎實用篇

이상　以上
衣商　i.sang

밖　外面
怕　bak

작다　小、狹小
差打　jak.da

놀이공원　遊樂園
樓李空我恩　no.ri.gong.won

마중　迎接
媽尊　ma.jung

자꾸　老是、總是
差古　ja.gu

우연히　偶然地
烏庸衣　u.yo*n.hi

동창　同學
同蒼　dong.chang

장을 보다　趕集、買菜
常兒 波打　jang.eul/bo.da

本文語法 1

못+動詞
不能⋯／無法⋯

解說：「못」為副詞，放在動詞前方，表示沒有能力或因外在因素而無法做某事。

생선을 못 먹어요 .
先松呢 盟 摸溝呦
se*ng.so*.neul/mot/mo*.go*.yo
我不敢吃魚。

난 술 못 마셔요 .
南 酥兒 盟 媽休呦
nan/sul/mot/ma.syo*.yo
我不能喝酒。

다른 일이 있어서 못 가요 .
他冷 衣里 衣搜搜 末 尬呦
da.reun/i.ri/i.sso*.so*/mot/ga.yo
因為有其他事情，不能去。

한국어는 잘하지만 영어는 못해요 .
憨估狗能 差拉幾慢 庸喔能 末貼呦
han.gu.go*.neun/jal.ha.jji.man/yo*ng.o*.neun/mo.te*.yo
很會講韓文卻不會講英文。

本文語法 2

動詞語幹＋지 못하다
不能…／無法…

解説：表示沒有能力或因外在因素而無法做某事。

피망을 먹지 못해요 .
匹忙兒 末基 末貼呦
pi.mang.eul/mo*k.jji/mo.te*.yo
我不敢吃青椒。

수영하지 못해요 .
酥庸哈基 末貼呦
su.yo*ng.ha.ji/mo.te*.yo
我不能游泳。

도와 주지 못합니다 .
投哇 租基 末攤你打
do.wa/ju.ji/mo.tam.ni.da
我無法幫你。

한자를 읽지 못합니다 .
憨渣惹 衣基 摸貪你打
han.ja.reul/ik.jji/mo.tam.ni.da
我看不懂漢字。

 本文語法 3

語幹＋(으)ㄴ/는데
可是…／然而…

解說：為連接語尾，表示前後兩句文意「對立」。形容詞語幹無尾音使用ㄴ데；形容詞語幹有尾音使用은데；動詞語幹、있다、없다後方，使用는데。

돈은 없는데 시간이 있어요 .
同能 翁能貼 西干你 衣搜呦
do.neun/o*m.neun.de/si.ga.ni/i.sso*.yo
沒有錢，但有時間。

동생은 키가 작은데 형은 키가 커요 .
同先恩 可衣嘎 差跟貼 呵呦恩 可衣嘎 扣呦
dong.se*ng.eun/ki.ga/ja.geun.de/hyo*ng.eun/ki.ga/ko*.
yo
弟弟矮，哥哥高。

도시는 시끄러운데 시골은 조용해요 .
投西能 西哥囉温貼 西狗冷 醜庸黑呦
do.si.neun/si.geu.ro*.un.de/si.go.reun/jo.yong.he*.yo
都市很吵，鄉下很安靜。

나는 운동을 좋아하는데 언니는 노래를 좋아해요 .
那能 温東兒 醜阿哈能貼 翁你能 樓累惹 醜阿黑呦
na.neun/un.dong.eul/jjo.a.ha.neun.de/o*n.ni.neun/
no.re*.reul/jjo.a.he*.yo
我喜歡運動，姊姊喜歡唱歌。

本文語法 4

> 語幹＋(으)ㄴ/는데
> 背景說明

解說：為連接語尾，表示説明狀況、背景。

이 책을 봤는데 재미있었어요 .
衣 翠哥 盤能貼 賊咪衣搜搜呦
i/che*.geul/bwan.neun.de/je*.mi.i.sso*.sso*.yo
我看了這本書，很有趣。

파티를 했는데 친구 두 명만 왔어요 .
趴踢惹 黑能貼 親估 土 謬蠻 哇搜呦
pa.ti.reul/he*n.neun.de/chin.gu/du/myo*ng.man/wa.
sso*.yo
我辦了派對，只來了兩位朋友。

해외 여행을 가고 싶은데 비행기표가 없었어요 .
黑威 呦黑恩兒 卡溝 西噴貼 匹黑恩 gi 匹呦嘎 喔不搜搜呦
he*.we/yo*.he*ng.eul/ga.go/si.peun.de/bl.he*ng.gi.pyo.
ga/o*p.sso*.sso*.yo
我想去國外旅行，但是沒有機票。

아침에 교실에 갔는데 선생님이 안 계셨어요 .
阿七妹 可呦西累 砍能貼 松先你咪 安 K 休搜呦
a.chi.me/gyo.si.re/gan.neun.de/so*n.se*ng.ni.mi/an/gye.
syo*.sso*.yo
早上去了教室，老師不在。

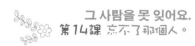

 本文語法 5

動詞語幹＋아／어서
…然後…

解說：表示動作在時間上的前後關係，也就是前面的子句動作發生之後，才會發生後面子句的動作。

학원에 가서 영어를 배웠어요.
哈果內 卡搜 庸喔惹 陪我搜呦
ha.gwo.ne/ga.so*/yo*ng.o*.reul/be*.wo.sso*.yo
去補習班學英文。

남자친구를 만나서 저녁식사를 했어요.
男渣親古惹 蠻那搜 醜紐系沙惹 黑搜呦
nam.ja.chin.gu.reul/man.na.so*/jo*.nyo*k.ssik.ssa.reul/
he*.sso*.yo
跟男朋友見面後，一起吃晚餐。

고기하고 야채를 사서 요리했어요.
口可衣哈溝 呀翠惹 沙搜 呦里黑搜呦
go.gi.ha.go/ya.che*.reul/ssa.so*/yo.ri.he*.sso*.yo
買肉和蔬菜來做飯。

기념품 가게에 가서 엽서를 샀어요.
可衣妞鋪恩 卡給 A 卡搜 右不搜惹 沙搜呦
gi.nyo*m.pum/ga.ge.e/ga.so*/yo*p.sso*.reul/ssa.sso*.yo
去紀念品店買了明信片。

 本文語法 6

動詞語幹＋(으)ㄹ게요
我來…／我會…

解説：表示説話者表明自己的意思或意願，同時也向聽話者做出承諾。
只能用於第一人稱。

나 갈게요 .
那 卡兒給呦
na/gal.ge.yo
我走了。

힘내세요 . 응원할게요 .
呵衣內誰呦 恩我哈兒給呦
him.ne*.se.yo//eung.won.hal.ge.yo
打起精神來，我會為你加油的！

전화 제가 받을게요 .
寵花 賊嘎 怕的給呦
jo*n.hwa/je.ga/ba.deul.ge.yo
電話我來接。

앞으로 열심히 공부할게요 .
阿噴囉 呦兒新咪 空舖哈兒給呦
a.peu.ro/yo*l.sim.hi/gong.bu.hal.ge.yo
以後我會認真念書。

그 사람을 못 잊어요 ,
第14課 忘不了那個人。

269

句型練習

배 불러요 . 더 이상 못 먹어요 .
陪 鋪兒囉呦 投 衣商 盟 摸溝呦
be*/bul.lo*.yo//do*/i.sang/mot/mo*.go*.yo
吃飽了，吃不下了。

편지를 보냈지만 답장을 못 받았다 .
匹呦雞惹 波內雞慢 踏髒兒 末 怕搭打
pyo*n.ji.reul/bo.ne*t.jji.man/dap.jjang.eul/mot/ba.dat.da
寄信了，可是沒收到回信。

시험을 잘 못 봐서 엄마께 혼났어요 .
西烘悶 差兒 末 爸搜 翁媽給 轟那搜呦
si.ho*.meul/jjal/mot/bwa.so*/o*m.ma.ge/hon.na.sso*.yo
考試沒考好，被媽媽罵了。

내 교복을 못 찾겠어요 .
內 可呦波哥 末 擦給蒐呦
ne*/gyo.bo.geul/mot/chat.ge.sso*.yo
我找不到我的校服

추워서 밖으로 못 나가겠어요 .
粗我蒐 怕哥囉 盟 那嘎給蒐呦
chu.wo.so*/ba.geu.ro/mot/na.ga.ge.sso*.yo
天氣冷，沒辦法出去。

미안해요 . 오늘 못 만날 것 같아요 .
咪安內呦 歐呢 盟 蠻那兒 狗 嘎踏呦
mi.an.he*.yo//o.neul/mot/man.nal/go*t/ga.ta.yo
對不起，今天好像不能見面了。

바지가 작아서 못 입어요 .
趴雞嘎 差嘎搜 摸 衣波呦
ba.ji.ga/ja.ga.so*/mot/i.bo*.yo
褲子小件，不能穿。

냄새를 맡지 못해요 .
累誰惹 罵寄 摸貼呦
ne*m.se*.reul/mat.jji/mo.te*.yo
聞不到味道。

이 순간을 잊지 못할 거야 .
衣 孫乾呢 衣寄 摸他兒 狗呀
i/sun.ga.neul/it.jji/mo.tal/go*.ya
我不會忘記這一刻的。

오늘은 회사에 가지 못해요 .
歐呢冷 灰沙 A 卡基 摸貼呦
o.neu.reun/hwe.sa.e/ga.ji/mo.te*.yo
我今天沒辦法去上班。

나는 한국어를 하지 못해요 .
那能 憨估狗惹 哈基 摸貼呦
na.neun/han.gu.go*.reul/ha.ji/mo.te*.yo
我不會講韓語。

몇 번 해 봤는데 성공하지 못했어요 .
謬 崩 黑 怕能貼 松空哈基 摸貼蔲呦
myo*t/bo*n/he*/bwan.neun.de/so*ng.gong.ha.ji/mo.te*.
sso*.yo
試了幾次，還是沒有成功。

오늘 놀이공원에 갔는데 많이 걸어서 다리가 아팠어요 .
歐呢 樓理空我內 砍能貼 馬你 口囉搜 他里嘎 阿怕搜呦
o.neul/no.ri.gong.wo.ne/gan.neun.de/ma.ni/go*.ro*.so*/
da.ri.ga/a.pa.sso*.yo
今天去了遊樂園，走太多路腿很酸。

옷을 사러 갔는데 너무 비싸서 안 샀어요 .
歐奢 沙囉 砍能貼 樓目 匹沙搜 安 沙搜呦
o.seul/ssa.ro*/gan.neun.de/no*.mu/bi.ssa.so*/an/sa.sso*.
yo
我去買衣服，但因為太貴沒買。

오늘 친구 생일 케이크를 샀는데 바빠서 못 줬어요 .
歐呢 親估 先衣兒 K 衣可惹 山能貼 怕爸搜 末 作搜呦
o.neul/chin.gu/se*ng.il/ke.i.keu.reul/ssan.neun.de/ba.ba.
so*/mot/jwo.sso*.yo
今天我買了朋友的生日蛋糕，但是太忙了沒送出去。

아침에 버스를 탔는데 사람이 없었어요 .
阿七妹 波思惹 攤能貼 沙拉咪 喔不搜搜呦
a.chi.me/bo*.seu.reul/tan.neun.de/sa.ra.mi/o*p.sso*.
sso*.yo
我早上搭公車，那時沒有人。

한국어를 배우고 싶은데 시간이 없었어요 .
憨估狗惹 陪烏溝 西噴貼 吸乾你 喔不搜搜呦
han.gu.go*.reul/be*.u.go/si.peun.de/si.ga.ni/o*p.sso*.
sso*.yo
我想學韓國語，但是沒有時間。

예전에 뚱뚱했는데 지금은 날씬해요 .
耶總內 敦敦黑能貼 七跟悶 那兒新內呦
ye.jo*.ne/dung.dung.he*n.neun.de/ji.geu.meun/nal.ssin.he*.yo
以前很胖，現在很苗條。

소고기는 좋아하는데 닭고기는 안 좋아해요 .
搜溝可衣能 醜阿哈能貼 踏溝可衣能 安 醜阿黑呦
so.go.gi.neun/jo.a.ha.neun.de/dal.go.gi.neun/an/jo.a.he*.yo
喜歡牛肉，但不喜歡雞肉。

농구는 잘하는데 축구는 못해요 .
農古能 差拉能貼 促古能 摸貼呦
nong.gu.neun/jal.ha.neun.de/chuk.gu.neun/mo.te*.yo
很會打籃球，但不會踢足球。

연필이 있는데 볼펜이 없어요 .
庸匹里 銀能貼 波兒配你 喔步搜呦
yo*n.pi.ri/in.neun.de/bol.pe.ni/o*p.sso*.yo
有鉛筆，沒有原子筆。

손이 큰데 발이 작아요 .
松你 坑貼 趴里 差嘎呦
so.ni/keun.de/ba.ri/ja.ga.yo
手大，腳小。

어제 추웠는데 오늘은 따뜻해요 .
喔賊 粗窩能貼 歐呢冷 搭的貼呦
o*.je/chu.won.neun.de/o.neu.reun/da.deu.te*.yo
昨天冷，今天溫暖。

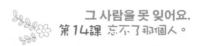

김밥을 사서 먹었어요 .
可衣爸波 沙搜 摸溝搜呦
gim.ba.beul/ssa.so*/mo*.go*.sso*.yo
買紫菜飯捲來吃。

부모님을 만나서 뭘 할 거예요 ?
撲摸你悶 蠻那搜 摸兒 哈兒 狗耶呦
bu.mo.ni.meul/man.na.so*/mwol/hal/go*.ye.yo
見爸媽後要做什麼 ?

도서관에 가서 책을 빌렸어요 .
投搜館內 卡搜 翠哥 匹兒溜搜呦
do.so*.gwa.ne/ga.so*/che*.geul/bil.lyo*.sso*.yo
去圖書館借書。

서서 도시락을 먹어요 .
搜搜 投系拉哥 摸溝呦
so*.so*/do.si.ra.geul/mo*.go*.yo
站著吃便當。

누워서 텔레비전을 봐요 .
努我搜 貼兒累逼總呢 怕呦
nu.wo.so*/tel.le.bi.jo*.neul/bwa.yo
躺著看電視。

앉아서 신문을 봐요 .
安渣搜 心木呢 怕呦
an.ja.so*/sin.mu.neul/bwa.yo
坐著看報紙。

집에 가서 다시 전화할게요 .
雞杯 卡搜 他西 寵花哈兒給呦
ji.be/ga.so*/da.si/jo*n.hwa.hal.ge.yo
我回家後再打電話給你。

공항에 마중 나갈게요 .
空夯 A 媽尊 那卡兒給呦
gong.hang.e/ma.jung/na.gal.ge.yo
我去機場接你。

여기서 기다릴게요 .
呦可衣搜 可衣搭里兒給呦
yo*.gi.so*/gi.da.ril.ge.yo
我在這裡等你。

앞으로는 약속을 꼭 지킬게요 .
阿噴囉能 呀搜哥 夠 七可衣兒給呦
a.peu.ro.neun/yak.sso.geul/gok/ji.kil.ge.yo
以後我一定會遵守約定。

내일 일찍 올게요 .
內衣兒 衣兒寄 歐兒給呦
ne*.il/il.jjik/ol.ge.yo
明天我會早點來。

다시 담배를 피우지 않을게요 .
他西 彈杯惹 匹烏雞 安呢給呦
da.si/dam.be*.reul/pi.u.ji/a.neul.ge.yo
我不會再抽菸了。

 會話練習 1 - 表示自己不能吃牛肉

A : 내가 소고기카레덮밥을 만들었는데 같이 먹자 .
內嘎 搜溝可衣卡累透爸波 蠻特龍能貼 卡器 末炸
ne*.ga/so.go.gi.ka.re.do*p.ba.beul/man.deu.ro*n.
neun.de/ga.chi/mo*k.jja

B : 미안 . 난 소고기 못 먹어 .
咪安 男 搜溝可衣 盟 摸狗
mi.an//nan/so.go.gi/mot/mo*.go*

A : 아 . 맞다 . 그걸 자꾸 잊네 .
阿 罵打 可狗兒 差估 引內
a//mat.da//geu.go*l/ja.gu/in.ne

A : 그럼 김치볶음밥 해 줄까 ?
可龍 可衣七波跟爸不 黑 租兒嘎
geu.ro*m/gim.chi.bo.geum.bap/he*/jul.ga

B : 괜찮아 . 밖에서 사 먹으면 돼 .
揆餐那 怕給蒐 沙 摸哥謬 腿
gwe*n.cha.na//ba.ge.so*/sa/mo*.geu.myo*n/dwe*

中譯 1

| A：我煮了牛肉咖哩飯，一起吃吧。 |
| B：抱歉，我不能吃牛肉。 |
| A：啊！對，我常忘記。 |
| A：那我煮泡菜炒飯給你吃，好嗎？ |
| B：沒關係，我在外面買來吃就可以了。 |

會話練習 2 一稱讚對方韓語講得很好

A：한국어 정말 잘하시네요.
憨估狗 寵媽兒 差拉西內呦
han.gu.go*/jo*ng.mal/jjal.ha.ssi.ne.yo

B：한국어는 잘하는데 영어는 못해요.
憨估狗能 差拉能貼 庸喔能 末貼呦
han.gu.go*.neun/jal.ha.neun.de/yo*ng.o*.neun/mo.
te*.yo

B：지금부터라도 영어 공부를 하고 싶은데.
七跟鋪投拉豆 庸喔 空舖惹 哈溝 西噴貼
ji.geum.bu.to*.ra.do/yo*ng.o*/gong.bu.reul/ha.go/si.
peun.de

A：내가 영어를 가르쳐 줄게요.
內嘎 庸喔惹 卡了秋 租兒給呦
ne*.ga/yo*ng.o*.reul/ga.reu.cho*/jul.ge.yo

B：정말요? 고마워요. 밥 사 줄게요.
寵媽溜 口媽兒呦 怕不 沙 租兒給呦
jo*ng.ma.ryo//go.ma.wo.yo//bap/sa/jul.ge.yo

中譯 2

A：你韓語講得很棒耶！
B：我會講韓文，但是不會講英文。
B：是有打算從現在開始來念英文…
A：我教你英文吧。
B：真的嗎？謝謝！我請你吃飯。

그 사람을 못 잊어요.
第14課 忘不了那個人。

1．那個人不能相信。
　→　　　　　　　　　　　　　　　　　　　　．

2．我不會喝酒。
　→　　　　　　　　　　　　　　　　　　　　．

3．我想買新車，但是沒有錢。
　→　　　　　　　　　　　　　　　　　　　　．

4．兔子快，但烏龜慢。
　→　　　　　　　　　　　　　　　　　　　　．

5．去遊樂園，騎旋轉木馬。
　→　　　　　　　　　　　　　　　　　　　　．

6．我絕對不會跟其他人説。
　→　　　　　　　　　　　　　　　　　　　　．

單字參考

거북	烏龜
口部	go*.buk

회전목마를 타다	騎旋轉木馬
灰棕盟馬惹 她打	hwe.jo*n.mong.ma.reul/ta.da

第15課

아이폰을 사려고 해요.
我打算買 iPhone。

 **本文單字**

경주	慶州（地名）
可呦恩租	gyo*ng.ju

관광하다	觀光
狂觀哈打	gwan.gwang.ha.da

국가	國家
苦嘎	guk.ga

대표 선수	代表選手
貼匹呦 松鼠	de*.pyo/so*n.su

실력	實力
西兒溜	sil.lyo*k

낮잠을 자다	睡午覺
那渣悶 差打	nat.jja.meul/jja.da

설악산	雪嶽山（地名）
搜兒辣山	so*.rak.ssan

수족관	水族館
酥奏管	su.jok.gwan

문법　　　語法
木恩播不　mun.bo*p

샴푸　　洗髮精
香舗　　syam.pu

바디클렌　　　沐浴乳
爸低刻兒累恩　ba.di.keul.len

준비하다　　準備
尊逼哈打　jun.bi.ha.da

제주도　　濟州島（地名）
賊租斗　　je.ju.do

병을 앓다　　　患病
匹呦兒 阿兒踏　byo*ng.eul/al.ta

어리다　　幼小
喔里打　o*.ri.da

광고　　廣告
狂狗　gwang.go

제목　　歌名、片名、題目
賊末　je.mok

가지다　擁有、具有
卡基打　ga.ji.da

편하다　方便、便利
匹呦哈打　pyo*n.ha.da

길거리 음식　路邊小吃
可衣兒溝里 恩系　gil.go*.ri/eum.sik

야시장　夜市
呀西漲　ya.si.jang

섬나라　島國
松那拉　so*m.na.ra

습하다　潮濕
思怕打　seu.pa.da

정보　資訊
寵波　jo*ng.bo

묵다　住
末打　mok.da

관광안내소　觀光服務台
狂觀安內搜　gwan.gwang.an.ne*.so

 本文語法 1

動詞語幹＋(으)려고 하다
打算（做）…

解說：表示說話者的意圖或計畫，為動作尚未發生的狀態。可以連接過去型았／었，表示「過去的意圖、計畫」。

언제 가려고 해요？
翁賊 卡溜溝 黑呦
o*n.je/ga.ryo*.go/he*.yo
你打算什麼時候去？

누구하고 같이 가려고 해요？
努估哈溝 卡器 卡溜溝 黑呦
nu.gu.ha.go/ga.chi/ga.ryo*.go/he*.yo
你打算跟誰一起去？

경주까지 기차를 타려고 해요.
可呦租嘎幾 可衣擦惹 他溜溝 黑呦
gyo*ng.ju.ga.ji/gi.cha.reul/ta.ryo*.go/he*.yo
我打算搭火車去慶州。

서울에서 관광하려고 해요.
搜烏累搜 狂觀哈溜溝 黑呦
so*.u.re.so*/gwan.gwang.ha.ryo*.go/he*.yo
我打算在首爾觀光。

아이폰을 사려고 해요.
第15課 我打算買iPhone。 283

本文語法 2

> 語幹＋아 / 어야 하다
> 必須… / 應該…

解説：表示必須要做的事或某種必然的情況。也可以使用「아 / 어야 되다」的句型，兩者意義相同。

돈을 많이 벌어야 돼요 .
同呢 馬你 波囉呀 腿呦
do.neul/ma.ni/bo*.ro*.ya/dwe*.yo
應該多賺點錢。

내일 아침 열 시까지 와야 해요 .
內衣兒 阿欽 呦兒 西 嘎雞 哇呀黑呦
ne*.il/a.chim/yo*l/si.ga.ji/wa.ya/he*.yo
你必須明天早上十點前過來。

열심히 공부해야 해요 .
呦兒西咪 空舖黑壓 黑呦
yo*l.sim.hi/gong.bu.he*.ya/he*.yo
應該認真念書。

시내에 가고 싶은데 어느 버스를 타야 돼요 ?
西內 A 卡溝 西噴貼 喔呢 波思惹 她呀 腿呦
si.ne*.e/ga.go/si.peun.de/o*.neu/bo*.seu.reul/ta.ya/
dwe*.yo
我想去市區，應該搭哪一班公車？

 本文語法 3

> 動詞語幹＋（으）려면
> 想要…的話…

解說：表示假設有某一計畫或意圖。通常後面會跟著「아 / 어야 하다」或「（으）세요」等的句型。

다이어트를 하려면 운동하세요 .
他衣喔特惹 哈溜謬 溫東哈誰呦
da.i.o*.teu.reul/ha.ryo*.myo*n/un.dong.ha.se.yo
如果你想減肥，就要運動。

교수님을 만나려면 오후에 오세요 .
可呦酥你悶 蠻那溜謬 歐乎 A 歐誰呦
gyo.su.ni.meul/man.na.ryo*.myo*n/o.hu.e/o.se.yo
如果你想見教授，請下午過來。

대학교에 가려면 수능을 잘 봐야 돼요 .
貼哈個呦 A 卡溜謬 酥呢兒 差兒 怕呀 腿呦
de*.hak.gyo.e/ga.ryo*.myo*n/su.neung.eul/jjal.bwa.ya/
dwe*.yo
想進大學，考試要考好。

국가 대표 선수가 되려면 실력이 있어야 해요 .
苦嘎 貼匹呦 松酥嘎 腿溜謬 西兒六可衣 衣搜呀 黑呦
guk.ga/de*.pyo/so*n.su.ga/dwe.ryo*.myo*n/sil.lyo*.gi/i.
sso*.ya/he*.yo
想成為國家代表選手，必須要有實力。

本文語法 4

動詞語幹＋(으) ㄴ 적이 있다

曾經…

解説：表示有做過某事的經驗。表示沒有做過某事的經驗，使用「—
(으) ㄴ 적이 없다」。

김치를 먹어 본 적이 있어요.
可衣七惹 摸溝 朋 走可衣 衣搜呦
gim.chi.reul/mo*.go*/bon/jo*.gi/i.sso*.yo
我有吃過泡菜。

한복을 입어 본 적이 있어요.
憨波哥 衣波 朋 走可衣 衣搜呦
han.bo.geul/i.bo*/bon/jo*.gi/i.sso*.yo
我有穿過韓服。

하루도 잊은 적 없어요.
哈魯豆 衣增 走 狗不搜呦
ha.ru.do/i.jeun/jo*k/o*p.sso*.yo
我一天也沒忘記過。

나를 한 번도 좋아한 적 없어요?
那惹 憨 崩豆 醜阿憨 走 喔不搜呦
na.reul/han/bo*n.do/jo.a.han/jo*k/o*p.sso*.yo
你一次也沒有喜歡過我嗎？

 **本文語法 5**

> **動詞語幹＋는 N**
> **…的…**

解說：接在動詞語幹後方，用來修飾後面的名詞。表示正在進行的動作或經常反覆出現的情況。

오늘은 쉬는 날입니다 .
歐呢冷 須能 那林你打
o.neu.reun/swi.neun/na.rim.ni.da
今天是休息日。

지금 웃는 사람이 누구예요 ?
七跟 溫能 沙拉咪 努估耶呦
ji.geum/un.neun/sa.ra.mi/nu.gu.ye.yo
現在在笑的人是誰？

여기는 학생들이 공부하는 곳입니다 .
呦可衣能 哈先的里 空舖哈能 口心你打
yo*.gi.neun/hak.sse*ng.deu.ri/gong.bu.ha.neun/go.sim.ni.da
這裡是學生念書的地方。

지금은 낮잠을 자는 시간이에요 .
七跟悶 那渣悶 差能 吸乾你耶呦
ji.geu.meun/nat.jja.meul/jja.neun/si.ga.ni.e.yo
現在是睡午覺的時間。

아이폰을 사려고 해요 .
第 15 課 我打算買iPhone。
287

 本文語法 6

動詞語幹＋(으)ㄴ N
…的…

解説：接在動詞語幹後方，用來修飾後面的名詞。表示該行為在過去已經完成。

누가 마신 홍차예요 ?
努嘎 媽新 轟擦耶呦
nu.ga/ma.sin/hong.cha.ye.yo
這是誰喝的紅茶 ?

마트에서 산 식빵이에요 .
媽特 A 搜 山 系幫衣 A 呦
ma.teu.e.so*/san/sik.bang.i.e.yo
這是在超市買的土司。

언니한테서 받은 선물이에요 .
翁你含貼蒐 怕登 松木里耶呦
o*n.ni.han.te.so*/ba.deun/so*n.mu.ri.e.yo
這是從姊姊那裡拿到的禮物。

설악산에서 찍은 사진이에요 .
搜拉山內搜 基跟 沙基你耶呦
so*.rak.ssa.ne.so*/jji.geun/sa.ji.ni.e.yo
這是在雪嶽山拍的照片。

本文語法 7

動詞語幹＋(으)ㄹ N
要…的…

解說：接在動詞語幹後方，用來修飾後面的名詞。表示動作或行為將要發生。

주말에 수족관에 갈 사람이 누구예요？
租媽累 酥奏館內 卡兒 沙拉咪 努估耶呦
ju.ma.re/su.jok.gwa.ne/gal/ssa.ra.mi/nu.gu.ye.yo
週末要去水族館的人是誰？

오늘 할 일이 뭐예요？
歐呢 哈兒 衣里 摸耶呦
o.neul/hal/i.ri/mwo.ye.yo
今天要做的事是什麼？

집에 먹을 것이 없어요．
基杯 摸哥 狗西 喔不搜呦
ji.be/mo*.geul/go*.si/o*p.sso*.yo
家裡沒有吃的東西。

이것은 내일 배울 문법이에요．
衣狗神 內衣兒 陪烏兒 木恩撥逼耶呦
i.go*.seun/ne*.il/be*.ul/mun.bo*.bi.e.yo
這是明天要學的語法。

아이폰을 사려고 해요．
第15課 我打算買iPhone。

289

句型練習

롯데월드에 가려고 하는데 어떻게 가요 ?
漏貼我的 A 卡溜溝 哈能貼 喔豆 K 卡呦
rot.de.wol.deu.e/ga.ryo*.go/ha.neun.de/o*.do*.ke/ga.yo
我想去樂天世界，要怎麼去？

지하철을 타세요 .
七哈醜惹 他誰呦
ji.ha.cho*.reul/ta.se.yo
請搭地鐵。

무엇을 사려고 해요 ?
木喔奢 沙溜溝 黑呦
mu.o*.seul/ssa.ryo*.go/he*.yo
你打算買什麼？

샴푸하고 바디클렌저를 사고 싶어요 .
香舖哈溝 巴低科雷走惹 沙溝 西波呦
syam.pu.ha.go/ba.di.keul.len.jo*.reul/ssa.go/si.po*.yo
我想買洗髮精和沐浴乳。

언제 미국에 갈 거예요 ?
翁賊 咪估給 卡兒 溝耶呦
o*n.je/mi.gu.ge/gal/go*.ye.yo
你什麼時候要去美國？

올해 9 월쯤 가려고 해요 .
歐兒黑 苦我兒贈 卡溜溝 黑呦
ol.he*/gu.wol.jjeum/ga.ryo*.go/he*.yo
我打算今年九月左右去。

공항에 가려면 어떻게 가요 ?
空夯 A 卡溜謬 喔豆 K 卡呦
gong.hang.e/ga.ryo*.myo*n/o*.do*.ke/ga.yo
如果要去機場，要怎麼去 ?

공항버스를 타세요 .
空夯波思惹 他誰呦
gong.hang.bo*.seu.reul/ta.se.yo
請你搭機場巴士。

오늘 회사에 가서 뭘 해야 돼요 ?
歐呢 灰沙 A 卡搜 摸兒 黑呀 腿呦
o.neul/hwe.sa.e/ga.so*/mwol/he*.ya/dwe*.yo
今天去公司後應該做什麼 ?

거래처 사람한테 전화해야 돼요 .
口累醜 沙郎憨貼 寵花黑呀 腿呦
go*.re*.cho*/sa.ram.han.te/jo*n.hwa.he*.ya/dwe*.yo
應該打電話給客戶。

캐나다에 가려면 무엇을 준비해야 해요 ?
K 那打 A 卡溜謬 木喔奢 尊逼黑呀 黑呦
ke*.na.da.e/ga.ryo*.myo*n/mu.o*.seul/jjun.bi.he*.ya/
he*.yo
如果想去加拿大，應該要準備什麼 ?

여권하고 돈을 준비해야 해요 .
呦果恩哈溝 同呢 尊逼黑呀 黑呦
yo*.gwon.ha.go/do.neul/jjun.bi.he*.ya/he*.yo
應該要準備護照和錢。

아이폰을 사려고 해요 .
第 15 課 我打算買 iPhone。

제주도 귤을 먹어 본 적 있어요?
賊租斗 可U惹 摸溝 朋 走 衣搜呦
je.ju.do/gyu.reul/mo*.go*/bon/jo*k/i.sso*.yo
你有吃過濟州島的橘子嗎?

작년에 제주도에 가 봤는데 귤은 안 먹었어요.
差妞內 賊租斗 Ａ卡 怕能貼 可U冷 安 摸狗搜呦
jang.nyo*.ne/je.ju.do.e/ga/bwan.neun.de/gyu.reun/an/
mo*.go*.sso*.yo
去年有去過濟州島,但是沒有吃橘子。

큰 병을 앓은 적이 있습니까?
坑 匹呦兒 阿冷 走可衣 衣森你嘎
keun/byo*ng.eul/a.reun/jo*.gi/it.sseum.ni.ga
你有得過大病嗎?

어렸을 때 큰 수술을 받은 적이 있어요.
喔溜奢 貼 坑 酥酥惹 怕登 走可衣 衣搜呦
o*.ryo*.sseul/de*/keun/su.su.reul/ba.deun/jo*.gi/i.sso*.yo
小時候我有做過大手術。

고양이가 싫어하는 것이 뭐예요?
口央衣嘎 衣囉哈能 狗西 摸耶呦
go.yang.i.ga/si.ro*.ha.neun/go*.si/mwo.ye.yo
貓咪討厭的東西是什麼?

감기에 잘 드는 약으로 주세요.
砍可衣Ａ差兒 特能 呀哥囉 租誰呦
gam.gi.e/jal/deu.neun/ya.geu.ro/ju.se.yo
請給我治感冒不錯的藥。

광고에서 나오는 노래는 제목이 뭐야?
狂狗 A 搜 那喔能 樓累能 賊摸可衣 模呀
gwang.go.e.so*/na.o.neun/no.re*.neun/je.mo.gi/mwo.ya
出現在廣告裡的歌名是什麼?

S 라인을 가진 여자.
S 拉銀呢 卡金 呦渣
s.ra.i.neul/ga.jin/yo*.ja
擁有 S 型曲線的女生。

어제 쓴 엽서를 친구한테 보냈어요.
喔賊 森 呦不搜惹 親估憨貼 波內搜呦
o*.je/sseun/yo*p.sso*.reul/chin.gu.han.te/bo.ne*.sso*.yo
昨天寫的明信片寄給朋友了。

오늘 만들 한국요리는 순두부찌개입니다.
歐呢 蠻的兒 憨估呦里能 孫嘟撲雞給穎你打
o.neul/man.deul/han.gu.gyo.ri.neun/sun.du.bu.jji.ge*.im.
ni.da
今天要做的韓國料理是嫩豆腐鍋。

이것은 내가 살 자동차예요.
衣狗深 內嘎 沙兒 差東擦耶呦
i.go*.seun/ne*.ga/sal/jja.dong.cha.ye.yo
這是我要買的車。

내일 만날 사람이 누구예요?
內衣兒 蠻那兒 沙拉咪 努估耶呦
ne*.il/man.nal/ssa.ra.mi/nu.gu.ye.yo
你明天要見的人是誰?

會話練習 1 ─詢問他人搭什麼車上班

A：집에서 회사까지 어떻게 가요？
雞杯搜 灰沙嘎幾 喔豆 K 卡呦
ji.be.so*/hwe.sa.ga.ji/o*.do*.ke/ga.yo

B：보통 지하철을 타고 회사에 가요 .
波通 七哈醜惹 他溝 灰沙 A 卡呦
bo.tong/ji.ha.cho*.reul/ta.go/hwe.sa.e/ga.yo

B：일찍 일어나면 버스로 가요 .
衣兒寄 衣囉那謬 波思囉 卡呦
il.jjik/i.ro*.na.myo*n/bo*.seu.ro/ga.yo

A：지하철로 회사까지 시간이 얼마나 걸려요？
七哈醜兒囉 灰沙嘎幾 吸乾你 喔兒媽那 口兒溜呦
ji.ha.cho*l.lo/hwe.sa.ga.ji/si.ga.ni/o*l.ma.na/go*l.
lyo*.yo

B：20 분쯤 걸려요 .
衣系不恩贈 口兒溜呦
i.sip.bun.jjeum/go*l.lyo*.yo

 中譯 1

A：你從家裡到公司是怎麼去的？
B：我通常都是搭地鐵去上班的。
B：如果早一點起床，就會搭公車上班。
A：搭地鐵到公司要花多久時間？
B：要花 20 分鐘左右。

 會話練習 2 ─詢問要搭地鐵的幾號線

A：여기에서 남대문시장에 가려면 어떻게 가요？
呦可衣 A 搜 男貼目恩西髒 A 卡溜謬 喔豆 K 卡呦
yo*.gi.e.so*/nam.de*.mun.si.jang.e/ga.ryo*.myo*n/
o*.do*.ke/ga.yo

B：지하철로 가는 게 편해요.
七哈醜兒囉 卡能 給 匹呦黑呦
ji.ha.cho*l.lo/ga.neun/ge/pyo*n.he*.yo

A：몇 호선을 타야 해요？
謬 投搜呢 他呀 黑呦
myo*/to.so*n.neul/ta.ya/he*.yo

B：사호선을 타요.
撒齁搜呢 他呦
sa.ho.so*.neul/ta.yo

A：어느 역에서 내려요？
喔呢 又給蒐 內溜呦
o*.neu/yo*.ge.so*/ne*.ryo*.yo

 中譯 2

A：如果想從這裡到南大門市場，要怎麼去？
B：搭地鐵去很方便。
A：要搭幾號線？
B：請搭四號線。
A：要在哪一站下車？

會話練習 3 —介紹台灣

A：대만에 가 본 적이 있어요 ?
貼蠻內 卡 崩 走可衣 衣搜呦
de*.ma.ne/ga/bon/jo*.gi/i.sso*.yo

B：아니요 . 가 본 적이 없어요 .
阿你呦 卡 崩 走可衣 喔不搜呦
a.ni.yo//ga/bon/jo*.gi/o*p.sso*.yo

B：대만에서 유명한 것은 뭐예요 ?
貼蠻內搜 U 謬憨 狗神 摸耶呦
de*.ma.ne.so*/yu.myo*ng.han/go*.seun/mwo.ye.yo

A：야시장이 유명해요 .
呀西髒衣 U 謬黑呦
ya.si.jang.i/yu.myo*ng.he*.yo

A：야시장에 맛있는 길거리 음식이 많아요 .
呀西髒 A 媽西能 可衣兒溝里 恩系可衣 媽那呦
ya.si.jang.e/ma.sin.neun/gil.go*.ri/eum.si.gi/ma.na.
yo

 中譯 3

A：你有去過台灣嗎 ?
B：不，我沒有去過。
B：台灣有名的東西是什麼 ?
A：夜市很有名。
A：夜市有很多好吃的路邊小吃。

 會話練習 4 － 介紹台灣的天氣

A : 대만은 어떤 곳이에요 ?
貼蠻能 喔東 口西耶呦
de*.ma.neun/o*.do*n/go.si.e.yo

B : 작은 섬나라인데 사는 사람이 많아요 .
差跟 松那拉銀貼 沙能 沙郎咪 蠻那呦
ja.geun/so*m.na.ra.in.de/sa.neun/sa.ra.mi/ma.na.yo

A : 대만 날씨는 어때요 ?
貼蠻 那兒系能 喔爹呦
de*.man/nal.ssi.neun/o*.de*.yo

B : 여름에 아주 덥고 습해요 .
呦了妹 阿租 透溝 思配呦
yo*.reu.me/a.ju/do*p.go/seu.pe*.yo

A : 겨울에 눈이 와요 ?
可呦烏勒 努你 哇呦
gyo*.u.re/nu.ni/wa.yo

中譯 4

> A : 台灣是什麼樣的地方？
> B : 是很小的島國，但居住人口很多。
> A : 台灣天氣怎麼樣？
> B : 夏天很熱又潮濕。
> A : 冬天會下雪嗎？

 會話練習 5 一臨時要找住宿時

A : 어디서 호텔 정보를 얻을 수 있습니까？
　　喔低搜 齁貼兒 寵波惹 喔的 酥 衣森你嘎
　　o*.di.so*/ho.tel/jo*ng.bo.reul/o*.deul/ssu.it.sseum.ni.ga

B : 목으실 호텔을 찾으세요？
　　末哥西兒 齁貼惹 差資誰呦
　　mo.geu.sil/ho.te.reul/cha.jeu.se.yo

A : 네 , 오늘 밤에 묵을 호텔을 찾습니다 .
　　內 歐呢 怕妹 目哥 齁貼惹 擦森你打
　　ne//o.neul/ba.me/mu.geul/ho.te.reul/chat.sseum.ni.da

B : 아래 층에 관광안내소가 있습니다 .
　　阿累 層耶 狂觀安內搜嘎 衣森你打
　　a.re*/cheung.e/gwan.gwang.an.ne*.so.ga/it.sseum.ni.da

B : 거기에 가서 물어 보세요 .
　　口可衣A卡搜 木囉 波誰呦
　　go*.gi.e/ga.so*/mu.ro*/bo.se.yo

中譯 5

A：請問哪裡可以取得飯店的資訊。
B：您在找要住的飯店嗎？
A：是的，我在找今天晚上要住的飯店。
B：樓下有觀光服務台。
B：您去那裡問問看吧。

隨堂測驗

1. 連假時打算回故鄉。
　→ _____ .
　_____

2. 如果想減重，就必須運動。
　→ _____ .
　_____

3. 我沒有做過韓國料理。
　→ _____ .
　_____

4. 這間宿舍是我以後要住的地方。
　→ _____ .
　_____

5. 這裡是學生們打籃球的體育館。
　→ _____ .
　_____

6. 昨天你見的女生怎麼樣？
　→ _____ ?
　_____

單字參考

연휴	連假、連休	
庸呵U	yo*n.hyu	

살을 빼다	減肥、減重	
撒惹 背打	sa.reul/be*.da	

아이폰을 사려고 해요.
第15課 我打算買iPhone。

299

菜韓ㄅㄆ
基礎實用篇

기초 한국어 실용편

必備
單字

 韓語固有數字

1	하나　　　(한) 哈那　憨 ha.na　han	20	스물　(스무) 思木兒　思木 seu.mul　seu.mu
2	둘　(두) 兔兒 吐 dul　du	21	스물하나　(스물한) 思木兒哈那　思木兒憨 seu.mul.ha.na　seu.mul.han
3	셋　(세) 誰特　誰 set　se	30	서른 搜冷 so*.reun
4	넷　(네) 內特　內 net　ne	40	마흔 媽痕 ma.heun
5	다섯 他搜 da.so*t	50	쉰 噓恩 swin
6	여섯 呦搜 yo*.so*t	60	예순 耶孫恩 ye.sun
7	일곱 衣兒狗 il.gop	70	일흔 衣冷 il.heun
8	여덟 呦都兒 yo*.do*l	80	여든 呦登恩 yo*.deun
9	아홉 阿齁不 a.hop	90	아흔 阿痕 a.heun
10	열 呦兒 yo*l	100	백 配 be*k

漢字音數字

1	일 il 衣兒	11	십일 si.bil 西逼兒
2	이 i 衣	20	이십 i.sip 衣系不
3	삼 sam 三恩	30	삼십 sam.sip 三恩系不
4	사 sa 撒	40	사십 sa.sip 撒系不
5	오 o 歐	50	오십 o.sip 歐系不
6	육 yuk U	60	육십 yuk.ssip U系不
7	칠 chil 七兒	70	칠십 chil.sip 七兒系不
8	팔 pal 怕兒	百	백 be*k 配
9	구 gu 苦	千	천 cho*n 蔥
10	십 sip 系不	萬	만 man 蠻恩

 時間

1點	한 시 憨 西 han/si	11點	열한 시 呦郎 西 yo*l.han/si
2點	두 시 禿 西 du/si	23點	열두 시 呦兒嘟 西 yo*l.du/si
3點	세 시 誰 西 se/si	5分	오분 歐部恩 o.bun
4點	네 시 內 西 ne/si	17分	십칠분 系七兒部恩 sip.chil.bun
5點	다섯 시 他搜 西 da.so*t/si	30分	삼십분 桑系不部恩 sam.sip.bun
6點	여섯 시 呦搜 西 yo*.so*t/si	30分 (半)	반 盤 ban
7點	일곱 시 衣兒狗不 西 il.gop/si	47分	사십칠분 沙系七兒部恩 sa.sip.chil.bun
8點	여덟 시 呦豆兒 西 yo*.do*l/si	10秒	십초 系不臭 sip.cho
9點	아홉 시 阿齁不 西 a.hop/si	7分 19秒	칠분십구초 七兒部恩系估臭 chil.bun.sip.gu.cho
10點	열 시 呦兒 西 yo*l/si	3點4 分12 秒	세시사분십이초 誰西沙部恩西逼臭 se.si.sa.bun.si.bi.cho

 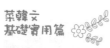

 **月份／年**

1 月	일월 衣裸兒 i.rwol	10 月	시월 西我兒 si.wol
2 月	이월 衣我兒 i.wol	11 月	십일월 西逼裸兒 si.bi.rwol
3 月	삼월 三摸兒 sa.mwol	12 月	십이월 西逼我兒 si.bi.wol
4 月	사월 撒我兒 sa.wol	1999 年	천구백구십구년 蔥苦輩苦系苦妞恩 cho*n.gu.be*k.gu.sip. gu.nyo*n
5 月	오월 毆我兒 o.wol	2000 年	이천년 衣蔥妞恩 i.cho*n.nyo*n
6 月	유월 U我兒 yu.wol	2010 年	이천십년 衣蔥系妞恩 I.cho*n.sim.nyo*n
7 月	칠월 七裸兒 chi.rwol	2013 年	이천십삼년 衣蔥系三妞恩 i.cho*n.sip.ssam. nyo*n
8 月	팔월 趴裸兒 pa.rwol	2014 年	이천십사년 衣蔥系撒妞恩 i.cho*n.sip.ssa.nyo*n
9 月	구월 哭我兒 gu.wol	2015 年	이천십오년 衣蔥系撥妞恩 i.cho*n.si.bo.nyo*n

 日期

1日	일일 衣里兒 i.ril	11日	십일일 西逼里兒 si.bi.ril
2日	이일 衣衣兒 i.il	12日	십이일 西逼衣兒 si.bi.il
3日	삼일 撒咪兒 sa.mil	13日	십삼일 系三咪兒 sip.ssa.mil
4日	사일 撒衣兒 sa.il	14日	십사일 系撒衣兒 sip.ssa.il
5日	오일 歐衣兒 o.il	15日	십오일 西撥衣兒 si.bo.il
6日	육일 U個衣兒 yu.gil	20日	이십일 衣西逼兒 i.si.bil
7日	칠일 七里兒 chi.ril	23日	이십삼일 衣系不三咪兒 i.sip.ssa.mil
8日	팔일 趴里兒 pa.ril	25日	이십오일 衣西撥衣兒 i.si.bo.il
9日	구일 哭衣兒 gu.il	30日	삼십일 三系逼兒 sam.si.bil
10日	십일 西逼兒 si.bil	31日	삼십일일 三系逼里兒 sam.si.bi.ril

常用量詞

명 ~個人	사람 세 명 沙郎 誰 謬 sa.ram/se/myo*ng 三個人	마리 ~隻	고양이 네 마리 口央衣 內 媽里 go.yang.i/ne/ma.ri 四隻貓
분 ~位	손님 다섯 분 松您 他蒐 不恩 son.nim/da.so*t/bun 五位客人	채 ~棟、間	집 한 채 幾 憨 翠 jip/han/che* 一間房子
개 ~個	사과 한 개 沙瓜 憨 給 sa.gwa/han/ge* 一個蘋果	병 ~瓶	술 두 병 酥兒 禿 匹呦 sul/du/byo*ng 兩瓶酒
잔 ~杯	녹차 한 잔 no 擦 憨 髒 nok.cha/han/jan 一杯綠茶	그릇 ~碗	칼국수 네 그릇 咖兒固酥 內 可了 kal.guk.ssu/ne/geu.reut 四碗刀削麵
벌 ~件	옷 두 벌 歐 禿 波兒 ot/du/bo*l 兩件衣服	켤레 ~雙	양말 한 켤레 羊媽兒 憨 可呦兒累 yang.mal/han/kyo*l.le 一雙襪子
권 ~本	책 네 권 翠 內 果恩 che*k/ne/gwon 四本書	세트 ~組	속옷 두 세트 嗽狗特 禿 誰特 so.got/du/se.teu 兩組內衣
대 ~台	자동차 두 대 差東擦 禿 貼 ja.dong.cha/du/de* 兩台車	갑 ~盒	담배 한 갑 談杯 憨 卡不 dam.be*/han/gap 一盒香菸
장 ~張	종이 세 장 宗衣 誰 髒 jong.i/se/jang 三張紙	박스 ~箱	귤 두 박스 可U兒 禿 爸思 gyul/du/bak.sseu 兩箱橘子

菜韓ニメ
基礎實用篇
기초 한국어 실용편

隨堂測驗
解答篇

第 1 課

隨堂測驗一解答

1. 저는 고등학생입니다.
2. 저는 초등학생이 아닙니다.
3. 오빠는 경찰입니다.
4. 그분은 선생님이 아닙니까?
5. 저는 서른아홉 살입니다.
6. 누나는 열여섯 살입니다.

第 2 課

隨堂測驗一解答

1. 그것은 무슨 과일입니까?
2. 이것은 사과입니다.
3. 이 안경은 누구의 것입니까?
4. 이 안경은 이건 씨의 것입니다.
5. 그 핸드폰은 저의 것입니다.
6. 이 만화책은 제 것이 아닙니다.

第 3 課

隨堂測驗一解答

1. 식당은 몇 층이에요?

2. 내 핸드폰은 어디예요?
3. 여기는 공원이에요.
4. 이 바지는 얼마예요?
5. 그 책은 만칠천원이에요.
6. 이것은 컴퓨터가 아니에요.

第 4 課

隨堂測驗一解答

1. 드라마는 저녁 8 시부터 9 시까지입니다.
2. 매일 출근합니다.
3. 내일은 일요일이 아니에요.
4. 밤에 잡니다.
5. 점심에 책을 읽습니다.
6. 언제 갑니까?

第 5 課

隨堂測驗一解答

1. 언제 미국에 가요?
2. 시월 이십일에 대만에 돌아가요.
3. 내 생일은 칠월 사일이에요.
4. 어머니하고 같이 백화점에 가요.
5. 기차로 고향에 가요.
6. 오늘은 이천십사년 십이월 십팔일이에요.

第6課

隨堂測驗一解答

1. 도서관에서 공부를 해요.
2. 백화점에서 화장품을 사요.
3. 술을 안 마셔요.
4. 빵을 먹지 않아요.
5. 녹차를 마실까요?
6. 야구를 합시다.

第7課

隨堂測驗一解答

1. 이 시계는 아버지께 받았어요.
2. 누구에게서 영어를 배워요?
3. 친구에게 무슨 선물을 주었어요?
4. 여자친구한테 반지를 줬어요.
5. 컴퓨터로 일을 해요.
6. 젓가락으로 밥을 먹어요.

第8課

隨堂測驗一解答

1. 예쁜 꽃을 샀어요.

菜韓文
基礎實用篇

2. 따뜻한 커피를 마셔요.
3. 시골 사람들이 친절해요.
4. 짐이 무거워요.
5. 집이 싸지만 낡아요.
6. 교실이 넓지만 더러워요.

第 9 課

隨堂測驗－解答

1. 나는 딸기를 좋아해요.
2. 무슨 음식을 싫어해요?
3. 사장님은 지금 회의실에 계십니다.
4. 친구들이 농구장에 있어요.
5. 일이 많아서 퇴근할 수 없어요.
6. 일이 없어서 집에 갈 수 있어요.

第 10 課

隨堂測驗－解答

1. 사진을 여덟 장 찍었어요.
2. 영어는 한국어보다 쉬워요.
3. 집에서 지하철 역까지 가깝습니다.
4. 여자친구에게 전화를 하고 싶어요.
5. 할머니가 부엌에서 요리를 하세요.
6. 날씨가 추워요. 외투를 입으세요.

第 11 課

隨堂測驗一解答

1. 구월사일에 제 11 과를 공부할 거예요.
2. 내일 안 바쁘면 같이 영화를 봅시다.
3. 술 너무 많이 드시지 마세요.
4. 버스를 타지 맙시다. 택시를 탑시다.
5. 사장님, 이거 좀 드세요.
6. 내일 운동회에서 뭘 할 거예요?

第 12 課

隨堂測驗一解答

1. 앞으로 가면 백화점이 있어요.
2. 떡볶이를 먹으러 분식집에 갔어요.
3. 왜 밥을 안 먹어요?
4. 감기에 걸려서 입맛이 없어요.
5. 우리 저녁을 먹고 뭘 할 거예요?
6. 우리 밥을 먹고 오빠를 찾으러 갑시다.

第 13 課

隨堂測驗一解答

1. 이 모자가 귀엽죠? 한 번 써 봐요.

2. 유람선을 타 봤어요 ?
3. 한국에 가면 어디에서 사시겠어요 ?
4. 유학 가면 도시에서 살겠어요 .
5. 핸드폰 좀 빌려 주세요 .
6. 지금 빈 자리가 없으니까 10 분쯤 기다리세요 .

第 14 課

隨堂測驗一解答

1. 그 사람을 못 믿어요 .
2. 저는 술을 못해요 .
3. 새차를 사고 싶은데 돈이 없어요 .
4. 토끼는 빠른데 거북은 느려요 .
5. 놀이공원에 가서 회전목마를 탔어요 .
6. 절대 다른 사람에게 말하지 않을게요 .

第 15 課

隨堂測驗一解答

1. 연휴에 고향에 가려고 합니다 .
2. 살을 빼려면 운동해야 돼요 .
3. 한국요리를 만들어 본 적이 없어요 .
4. 이 기숙사는 앞으로 내가 살 곳이에요 .
5. 여기는 학생들이 농구하는 체육관이에요 .
6. 어제 만난 여자는 어땠어요 ?

國家圖書館出版品預行編目資料

菜韓文. 基礎實用篇 / 雅典韓研所企編.
-- 初版. -- 新北市：雅典文化, 民104. 03
面； 公分. --（韓語學習；4）
ISBN 978-986-5753-36-8(平裝附光碟片)
1. 韓語 2. 會話
803. 288 104000661

韓語學習 04

菜韓文(基礎實用篇)

編著／雅典韓研所
責編／呂欣穎
美術編輯／蕭若辰

法律顧問：方圓法律事務所／涂成樞律師

總經銷：永續圖書有限公司
永續圖書線上購物網
www.foreverbooks.com.tw

CVS代理／美璟文化有限公司
TEL：（02）2723-9968
FAX：（02）2723-9668

出版日／2015年03月

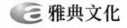 雅典文化

出版社
22103　新北市汐止區大同路三段194號9樓之1
TEL　（02）8647-3663
FAX　（02）8647-3660

菜韓文(基礎實用篇)

雅致風靡　典藏文化

親愛的顧客您好，感謝您購買這本書。即日起，填寫讀者回函卡寄回至本公司，我們每月將抽出一百名回函讀者，寄出精美禮物並享有生日當月購書優惠！想知道更多更即時的消息，歡迎加入"永續圖書粉絲團"您也可以選擇傳真、掃描或用本公司準備的免郵回函寄回，謝謝。

傳真電話：（02）8647-3660　　　　電子信箱：yungjiuh@ms45.hinet.net

姓名：	性別：　□男　□女
出生日期：　年　月　日	電話：
學歷：	職業：
E-mail：	
地址：□□□	
從何處購買此書：	購買金額：　　　元
購買本書動機：□封面 □書名 □排版 □內容 □作者 □偶然衝動	
你對本書的意見： 內容：□滿意□尚可□待改進　編輯：□滿意□尚可□待改進 封面：□滿意□尚可□待改進　定價：□滿意□尚可□待改進	
其他建議：	

總經銷：永續圖書有限公司

永續圖書線上購物網
www.foreverbooks.com.tw

您可以使用以下方式將回函寄回。

您的回覆，是我們進步的最大動力，謝謝。

① 使用本公司準備的免郵回函寄回。

② 傳真電話：（02）8647-3660

③ 掃描圖檔寄到電子信箱：

　　yungjiuh@ms45.hinet.net

- -

沿此線對折後寄回，謝謝。

廣 告 回 信

基隆郵局登記證

基隆廣字第056號

2 2 1 0 3

 雅典文化事業有限公司　收

新北市汐止區大同路三段194號9樓之1

雅致風靡　典藏文化